KB206344

안나 카레니나

통합형 논술 대비를 위한 논술 내비게이션 11

안나 카레니나

레프 톨스토이 지음 | 함진희 엮어옮김

일러두기

1. 이 책은 레프 톨스토이의 『안나 카레니나』를 요약해 옮긴 것이다.

2. 『Anna Karenina』 by Lev Tolstoi, translated by Constance Garnett. Random House(1939)를 번역 대본으로 삼았다.

3. 맞춤법과 외래어 표기는 1989년 3월 1일에 시행된 「한글 맞춤법 규정」에 준했다.

학생들에게 논술을 가르치다 보면 "어떤 책을 읽어야 하는가?" 하는 질문을 자주 받는다.

물론 다양한 책을 무조건 많이 읽을 수만 있다면 더없이 좋은 독서 방법이 되겠지만 그럴 수 없는 것이 우리 학생들의 현실이기 때문에 나는 그들에게 나름대로의 관록에서 생긴 고전들을 추천하곤 한다. 수없이 많은 유익한 책들이 홍수처럼 쏟아져 나오는 시대이지만 나는 그 가운데 고전을 단연 으뜸으로 친다. 내가 그들의 나이였을 때 읽었던 책들 가운데 내 마음속에서 여전히 그 빛을 발하는 책은 역시 고전이기 때문이다.

지난 겨울부터 『안나 카레니나』라는 걸작이 커다란 부담으로 언제나 어깨 위에서 나를 누르고 있었다. 열정으로 가득 찬 주인공 안나의 삶을 학생들이 소화할 수 있도록 나름대로 풀어나가야 한다는 의무감 때문이었다. 그들이 앞으로 이런 고전을 어떻게 받아들일까? 하는 것이 바로 내 손에 달렸구나 하는 생각이 들어 글쓰기를 하지 않는 밤도 편히 잘 수 없게 만들곤 했다.

『안나 카레니나』는 톨스토이의 수많은 걸작 가운데 가장 돋보이는 연애 소설이다. 그러나 남녀간의 통속적인 사랑 이야기로 그치지 않고, 혼란스런 러시아의 부패한 귀족 사회의 모습들을 사실적으로 묘사했기 때문에 오랜 시간이 흘렀는데도 주목받는다.

안나는 정열이 가득한 앞선 생각을 가진 여인이다. 안나가 살던 시대는 누구나 안나처럼 불 같은 사랑을 동경하지만 아무도 그 험한 길을 선택하지는 않는 때였다. 모두 부패하고 타락했지만 손가락질 받기는 싫었기 때문이다. 그런 귀족들의 무료한 삶 속에서 용기 있는 선택을 한 안나는 세기의 가장 매력적인 여성 캐릭터라고 할 수 있다.

부정한 사랑의 결과로 비극적인 종말을 맞이하지만 그것을 두려워했다면 그녀의 삶은 특별하지 않았을 것이다. 그 시대 러시아에서 여성으로서 살아간다는 것은 솔직한 자신의 목소리를 내기보다는 남편의 그늘이나 귀족 가문의 위세에 가려 살아가는 것이 전부였다. 그것이 톨스토이가 안나의 열정을 빌려 비판하고 싶었던 것이기도 하다. 뿐만 아니라 레빈이 원하는 전원생활 속에는 그 당시 농노와 지주 사이에 있던 여러 가지 문제점을 그대로 표현하고 해결책을 찾으려고 노력했다.

러시아 혁명의 지도자 레닌은 이 책을 표지가 너덜너덜해질 정도로 여러 번 읽었다고 한다. 그만큼 『안나 카레니나』가 톨스토이의 철학과 사상을 공감할 수 있는 작품이기 때문일 것이다. 그래서 아직까지도 많은 예술가들이 영화나 연극으로 재구성하고 있으며, 나 역시 요약 작업으로나마 학생들을 위한 명작으로 남기고 싶었던 것이다.

작품을 퇴고할 때쯤 장마가 찾아왔다. 무더위를 식혀주는 시원한 빗줄기가 마무리 작업에 큰 힘이 되어주었다. 하지만 한밤중에 혼자 노트북 앞에서 안나의 삶을 살펴볼 때면 빗방울 떨어지는 소리가 그렇게도 처연하지 않을 수 없었다. 이 세상에 여성으로 태어나 평범한 아내가 되고, 자식을 사랑하는 어머니가 된다는 것이 얼마나 어려운 일인지 새삼 느끼게 해주었기 때문이다. 내가 바라고 이루려는 그것이, 그녀가 원하는 끊임없는 사랑과는 다르지만 나 역시 언제나 제 목소리를 잃지 않는 당당한 안나이고 싶다. 굳게 닫혀 있는 유리창을 밤새도록 두드리는 빗방울처럼 말이다.

아무튼 비가 내리는 밤이면 자꾸만 글을 쓰고 싶어질 듯하다. 그리고 아직까지는 그것이 큰 행복이다.

2006년 8월 20일
비가 내리는 밤에 함진희

차례

머리말   5

1부. 배경지식

1. 안나 카레니나는 어떤 책인가   11

2. 톨스토이는 누구인가   15

3. 주요 등장인물   20

2부. 안나 카레니나

29

3부. 논술 내비게이션

1. 작품 분석   85

2. 주요 단락 해설   91

3. 통합형 논술문제   105

4. 예시답안   128

배경지식

『안나 카레니나』는 러시아 최고의 작가, 톨스토이가 1873~1877년에 걸쳐 쓴 장편 소설이다. 이 작품은『전쟁과 평화』,『부활』과 함께 톨스토이의 3대 걸작으로 뽑힌다. 세계 문학사에서 손꼽히는 가장 위대한 연애 소설이지만 평범한 삼각관계의 이야기는 아니다. 사랑, 이혼, 결혼제도, 여자로서의 삶 등 다양한 주제를 통해 사랑과 행복이 항상 일치하는 것인지, 지금 우리 사회의 사랑과 결혼생활에 대해 진지한 고민을 갖게 해준다.

작품의 배경은 농노제도에 기반을 둔 기존의 질서체제가 무너진 1861년 이후 러시아의 자본 축적기이다. 이 당시는 경제적으로는 국가에 의해 만들어진 철도와 중기계 공업, 외국 자본으로 발전한 철강·석탄·석유업이 활발하게 진행되었고, 자립적으로 성장한 공업체제와,

지주의 토지 소유가 말·농기구를 가진 공동체 농민의 노동에 의해 지탱되던 시기였다. 이러한 고용제적 농업구조가 노동자의 저임금과 연결된 것이었다. 이와 같은 러시아는 1890년대에는 빠른 경제성장을 이루어 체제적으로는 안정되었다. 그러나 20세기에 접어들자 공황이 발생해 경제성장이 멈추었으며, 여러 가지 사회 운동이 분출되었다. 이러한 사회 배경 속에서 『안나 카레니나』가 완성되었다. 톨스토이는 도시와 농촌의 귀족, 지주계급의 사회 경제적 몰락 과정과 그에 따른 퇴폐현상을 그의 고유의 엄격한 윤리적·심리적 문제 제기로 날카롭게 파헤친 것이다.

작품의 주인공은 고관 알렉세이 알렉산드로비치의 정숙한 아내 안나이다. 그녀가 페테스부르크의 호화저택에서 사치스런 생활을 하던 중, 오빠의 부정한 일이 불러일으킨 가정불화를 해결하기 위해 모스크바로 가다가 우연하게 브론스키를 만나 사랑에 빠지게 되는 이야기로 전개된다. 미모의 귀족 부인 안나는 브론스키와 사랑에 빠져 남편과 자식을 모두 버리고 외국으로 떠난다. 사교계에서도 버림받은 안나는 고독한 사랑에 집착하며 외로워하지만 브론스키는 바쁜 생활과 자유로운 성격 때문에 안나의 만족을 채워주지 못한다. 그리고 그녀는 질투와 고독과 절망감으로 고통스러워하다가 열차에 몸을 던진다.

도덕적 진실에 관한 톨스토이의 관심은 1870년대에 그가 도덕적 위기를 맞으면서 시작되었다. 그의 도덕관은 이 작품을 쓰기 시작할 무렵에 서서히 타올라 1880년 『고백』에 이르러 절정에 달한다. 톨스토이는 그의 세계관과 예술에서, 특히 종교적 신념과 자신의 인간성의 모순으로 고민하며 이것을 극복하기 위해 생애를 마칠 때까지 영혼 내부에서 격렬한 투쟁을 벌여온 것으로 알려져 있다. 그는 또한 원시적인 간소한 생활양식을 수립하고 도시문명에 관련된 모든 것을 배척했다.

이 작품에서 작가 자신의 목소리를 전달하는 데 가장 큰 기여를 한 인물은 레빈이다. 톨스토이는 레빈을 통해 자신의 모습을 가장 많이 반영했으며 자신의 생각을 형상화했다. 그래서 레빈과 키치 부부의 연애와 결혼생활도 그려져 있으며, 이들을 통해 자연과 도시문명의 대비를 극명하게 보여준다. 한편 그 자연 또한 안나와 레빈에 의해 각각 인간의 본성으로서 자연과 물질적 자연으로 대비된다. 레빈의 결혼에서 그 토대는 형이상학적인 사랑의 개념이고, 존경에 의한 자발적인 자기희생이다. 반면에 안나와 브론스키의 관계에서 그 기초는 단순한 육체적인 사랑이며, 따라서 거기에는 파국이 따라온다. 그렇기 때문에 이 작품은 그 도덕적 진실을 바라보는 데 인간 본성에 입각한 내면적 자연에 초점을 맞추어야 한다.

이 작품이 아직까지도 우리에게 회자되는 이유는 단지 '불륜'이라는 흥미 있는 소재 때문만은 아니다. 안나의 이야기는 단지 소설 속의 이야기만은 아니다. 요즘 큰 사회 문제로 떠오르고 있는 급격한 이혼, 그것은 누구나 안나의 입장이 될 수 있다는 것을 알려준다. 과연 나라면, 어떤 삶을 선택했을지, 어떤 선택이 옳은 것인지를 스스로 판단할 수 있어야 한다. 작품의 서문에 실린 "내가 복수하리라. 내가 그것을 보복하리라"는 말은 사회도 안나를 비판할 수 없고 복수심에 불타서 자살한 안나가 브론스키를 비판할 수도 없다는 것을 이야기한다. 사랑에는 책임과 진실한 즐거움이라는 것이 균형과 조화를 이루어야 한다는 것을 알 수 있다.

레프 니콜라예비치 톨스토이[Lev Nikolaevich Tolstoi]는 19세기 러시아 문학을 대표하는 작가이자 문예 비평가, 사상가이다. 그는 1828년 남러시아의 야스나야 폴랴나에서 명문 백작 집안의 넷째로 태어났다. 어려서 부모를 잃고 친척집에서 자란 그는 외교관이 되기 위해 카잔 대학의 아랍 터키어과에 입학했으나 철학적 명상에 잠기면서부터 법학과로 옮겼다. 하지만 대학 교육에 회의를 느껴 1847년 중퇴했다. 고향으로 내려간 그는 영지 안의 농민 생활을 개선하려고 최선을 다했다. 하지만 성과를 거두지 못하고 환멸을 느껴 방탕한 생활에 빠지게 된다. 그 후 1856년 『지주의 아침』을 발표하는데 이 작품은 이때의 경험을 담고 있다.

1851년 형의 권유로 입대해 카프카스의 사관후보생으로 근무하면서 본격적인 창작생활을 시작한다. 1852년 그가 살아온 어릴 적 애환이 잘 나타나 있는 그의 처녀작 『유년시절』을 익명으로 발표해 네크라소프로부터 극찬을 받았다. 단순하면서도 복잡한 소년의 심리를 세밀하게 해부해 보이면서 예술적 향기를 잃지 않은 이상적인 객관적 묘사에 의해서 많은 독자들을 놀라게 했고, 여러 작가와 시인들의 비상한 관심을 끌었다.

1854년 톨스토이는 크림전쟁에 자원해 세바스토폴리 격전을 체험했다. 이러한 체험은 정밀한 묘사와 새로운 수법으로 전쟁에 대한 명확한 태도 등을 잘 나타낸 『세바스토폴리 이야기』의 토대가 된다. 이 작품으로 청년 작가로서 그의 명성은 더욱 높아졌다. 1856년 제대를 하고 페테스부르크와 야스나야에 거주하면서 여러 작가들의 모임에 접촉했으나 그들의 사상적 경향에는 동조하지 않았다. 그는 1857년 서유럽 문명을 시찰하기 위해 국외로 나갔다가 물질문명의 해악을 실감하고 실망한 채 귀국했다. 그후 인간 생활의 조화를 진보 속에서 추구하며 내성적으로 변했다. 1861년 당국의 농노 해방령 포고에 불신을 품고 농지 조정원이 되어 농민들의 이익을 옹호했다. 그리고 교육 잡지인 「야스나야 폴라냐」를 간행했다.

1862년 궁정 시의의 딸, 소피아와 결혼하고 그는 문학에 전념하게 된다. 이 무렵 나폴레옹 전제시대를 연구해, 그의 모스크바 침공을 배경으로 한 작품을 구상하는데, 사실적인 묘사와 정교함, 다양한 심리분석으로 삶을 완벽하고 자연스럽게 그려낸 명작 『전쟁과 평화』가 탄생된다. 이 작품은 예술성과 내용의 깊이, 웅대한 구상 등이 세계 어떤 문학과도 견줄 만한 것이 없을 정도로 높이 평가된다. 또한 부유한 귀족 생활을 그려 러시아의 국가조직과 특권 계층의 생태와 도덕성을 비판한 『안나 카레니나』를 발표해 최고 걸작으로 평가받는다.

그러나 그 무렵 톨스토이는 죽음에 대한 공포와 삶에 대한 무상에 대해 심한 정신적 동요를 일으켰다. 그래서 그 해답을 과학, 철학, 예술 등에서 찾으려고 했다. 그러나 쉽게 답을 구하지 못한 그는 자살의 유혹에까지 이르렀으나 결국 종교에서 구원을 얻었다. 그의 작품 『교의신학비판』(1880), 『요약복음서』(1881), 『참회록』(1882), 『교회와 국가』(1882) 등에서 종교적인 그의 사상을 잘 알 수 있다.

이렇게 체계화시킨 그의 사상을 '톨스토이 주의'라고 일컫는다. '톨스토이 주의'는 현대의 타락한 그리스도교가 아닌, 박애주의를 실천하는 원시 그리스도교로 복귀해, 노동·채식·금주·금연 등의 검소한 생활 속에서 악에 대한 무저항주의와 자기 완성을 기초로 한 사랑의 정신으로서 전세계의 평화에 기여하려는 것이다. 1882년 모스크바 빈민굴을 시찰한 뒤 사회조직의 결함에 눈을 뜨고, 그의 사상은 종교적이나 윤리적인 문제를 넘어, 사회제도에까지 미치게 되었다. 1885년 헨리 조지의 『토지 국유론』을 읽고 깊은 감명을 받아 사회제도에 많은 관심을 갖게 되었다.

결국 톨스토이는 자신의 사유재산을 부정하게 되고 이 문제로 부인과 자주 충돌하게 된 후 자신의 저작권 일체를 부인에게 넘겨주었다.

전쟁이 끝난 후, 톨스토이의 재산과 저작권에 관련된 일이 그의 가족들에게는 매우 중요한 문제였기 때문에 끊임없는 분쟁과 다툼을 일으켰다. 그리고 부인이 톨스토이와 함께 지내던 뛰어난 제자를 질투하고 증오하는 바람에 그의 가정생활은 심각한 상태에 이르렀다. 또한 그를 위선자로 취급하는 부류들도 있었기 때문에 그가 본래에 가지고 있던 뜻을 실행하기가 매우 어려워졌다. 1890년에 발표한 『빛은 어둠 속에서 빛난다』에 그의 이러한 내면적인 고뇌가 명확하게 드러나 있다.

톨스토이는 1897년 『예술이란 무엇인가』를 집필하면서 자신의 문학관에 많은 변화를 일으키고 있었다. 마침내 1899년 러시아의 국교가 아닌 성령을 부정하는 교도들을 미국으로 이주시키기 위해 자금을 모으려고 탈고를 서두른 『부활』을 내놓았다. 이 때문에 톨스토이는 그리스 정교에 대한 비판을 가했다는 이유로 파문을 당했다. 하지만 『부활』이 발표되고 큰 주목을 받으면서 70세가 넘은 나이에 다시 한번 작가적인 정열을 증명한 것이 되었다. 많은 평론가가 『부활』은 그에게 예술적 성서이며 최후의 불꽃 같은 작품이라고 말하고 있다. 또한 1900년 그는 아카데미 회원으로 뽑히면서 희곡 『산송장』을 집필해 희곡 작가의 명성을 쌓기도 했다.

톨스토이는 자신의 남은 삶을 철학으로 승화시켜 많은 작품으로 표현했다. 도덕주의자로서 톨스토이가, 예술가 톨스토이보다 훨씬 더 인정받을지 몰라도 그 시기에 나온 『이반 일리치의 죽음』(1886)과 『크로우처 소나타』 작품들은 그의 삶과 경험을 다양하게 표현한 예술가적인 면모를 보여주는 뛰어난 걸작으로 찬사를 받고 있다.

　그후에도 『신부 세르기』, 『무도회의 뒤』, 『병 속의 알료사』 등의 작품과 「현의 노예제도」, 「셰익스피어론」 등의 논문을 발표했다. 그리고 1910년 그의 마지막 작품인 『인생의 길』을 발표했다.

　톨스토이는 자신의 가정생활의 모순을 해결하기 위해 아내에게 마지막 글을 남기고 '전 인류와 사랑하는 길'을 떠난다. 큰딸과 주치의와 함께 집을 떠나 자유롭게 여행하다가 폐렴에 걸렸지만 자신의 마지막 감상까지도 일기에 적는 투혼을 발휘했다. 러시아 문학의 거장 톨스토이는 이렇게 1910년 11월 82세의 나이로 숨을 거두었다. 러시아를 대표하는 최고의 문학가는 아스타포보의 작은 역장 관사에서 세상을 떠난 것이다.

　톨스토이는 러시아 귀족 계급으로 태어났지만 무료하고 사치스러운 귀족 생활에서 권태를 느끼고 아무도 상상하지 못한 자신만의 세계를 만들었다. 그는 소박하고도 선한 삶을 살기 위해 노력한 지혜로운 소설가이며 예언가였다. 그는 최고에 자리에 있었는데도 자신의 삶의 의미를 찾기 위해 끊임없이 노력한 최고의 작가이다.

3. 주요 등장인물

주인공 안나는 부유한 재벌 귀족의 부인으로 아름다운 외모와 교양을 겸비한 여성이다. 많은 사람이 그녀와 함께 있는 것을 즐거워하고, 그 자체로 그녀에게 위로를 받는 이들이 많다. 하지만 이렇게 행복한 겉모습과는 달리 안나는 삶이 즐겁지가 않다. 명예와 출세만을 생각하는 스무 살 연상의 남편과의 결혼생활에 싫증을 느끼고, 사교계의 일조차도 점점 권태로워지고 있었기 때문이다. 그렇게 답답함 속에서 하루하루를 의미 없이 보내던 중 오빠의 친구 브론스키를 만나 불 같은 사랑에 빠지게 된다. 한 남자와 이미 결혼을 한 몸이지만 다른 남자와의 파격적인 사랑으로, 그녀는 사교계에서 끊임없는 화제가 된다. 명예도, 남편도, 자식도 모두 버리고 정열적인 사랑을 선택한 안나는 자신의 선택을 부끄러워하지 않는다. 하지만 브론스키를 사랑하면 할수록, 더욱 애정에 목말라 하는 자신의 처지를 점점 괴로워하게 된다. 뿐만 아니라 안나의 남편이 이혼을 해주지 않기 때문에, 브론스키의 아이가 있는데도 결혼을 할 수가 없어 갈등은 점점 깊어진다. 다툼이 잦아지고, 혼자 지내는 날이 많아진 안나는 브론스키의 사랑을 점점 의심하게 된다. 안나의 이런 정신적인 혼란은 브론스키에게도 점차 회의적인 모습으로 다가온다. 안나는 열정적인 그들만의 사랑도 점점 식게 되는 것을 느끼게 되고, 자신의 모든 것을 건 사랑의 끝이 보이게 되자 그녀는 비참한 마음이 되어 스스로 목숨을 끊게 된다.

2.
브론스키

안나가 모든 것을 다 버리고 사랑하게 되는 매력적인 장교로서 남부럽지 않은 가문에 뛰어난 외모, 그리고 재력을 갖추었다. 동료들은 그를 아꼈고, 군인으로서도 능력을 인정받는 인재다. 하지만 사랑이나 결혼생활에는 별 관심이 없기 때문에 별다른 선택 없이 공작의 딸인 키치와 결혼해도 상관없다고 생각한다. 하지만 우연하게 안나를 만나고 첫눈에 반해 사랑에 빠진다. 그래서 그는 키치를 배신하고 안나를 선택한다. 사람들은 그를 이해할 수 없었기 때문에, 그는 사교계에서 웃음거리가 된다. 안나와의 사랑 때문에 출세도 포기하고 많은 생활을 그녀와 함께 한다. 하지만 안나는 점점 더 많은 사랑을 원하고, 브론스키는 그런 안나를 사랑하면서도 자유로운 생활을 그리워한다. 결국 사소한 일로 안나와 자주 다투게 되고, 그녀에게 점점 무관심해진다. 그는 선거에 출마하기 위해 안나를 두고 여행을 다니게 되고, 안나는 브론스키의 사랑을 식었다고 생각하고 질투를 시작한다. 브론스키는 이런 안나를 보기가 점점 괴로워져 크게 다투고, 자신을 잡는 안나의 손길을 뒤로 한 채 집을 나와 그녀의 죽음을 막지 못한다.

3.
알렉세이 알렉산드로비치 카레닌

안나의 남편으로 관청의 높은 자리에까지 올라간 능력 있는 재벌 귀족이다. 부모님을 일찍 여의고 능력 있는 숙부 밑에서 우수한 교육을 받았다. 독실한 기독교인으로 안나와 문제없는 가정을 이루며 사는 것처럼 보이지만 결국 아내를 다른 남자에게 빼앗기고 만다. 하지만 아내의 부정한 사랑을 알면서도 다른 사람들의 시선을 의식해서 이혼하려고 하지 않는다. 오히려 자신이 인정할 수 있는 범위 안에서 안나의 행동은 이해하겠다고 한다. 출세와 명예를 무엇보다도 가장 중요하게 생각하기 때문에 안나의 삶을 숨 막히게 만든 장본인이다. 오직 성공만을 위해 열심히 살았으나 정작 가까이에서 자신의 외로움을 달래줄 사람 하나 없는 것에 씁쓸해한다. 안나가 아기를 낳고 사경을 헤매일 때 차라리 그녀가 죽는 게 낫다고 생각할 만큼 냉정하지만, 다른 남자의 아이를 자신의 호적에 올려 사랑해줄 만큼 관대한 부분도 있다.

**4.
레빈**

삶과 결혼에 대해 모두 순수한 마음을 가진 귀족 청년이다. 도시에서의 삶이 싫어 시골로 내려가서 농사를 지으며 살아간다. 지주와 일꾼들의 관계를 새로운 방법으로 변화시키려고 노력하는 인물이다. 처음에는 일꾼들에게 인정받지 못하지만 그들을 점점 변화시킨다. 공작의 딸인 키치를 사랑해 용기를 내어 고백하지만 브론스키에게 밀려 그녀에게 거절당한다. 상처를 받은 그는 상심해 농삿일에 전념한다. 나중에 키치가 브론스키와 결혼하지 않았다는 사실을 알면서도 용기가 나지 않아 쉽게 다가설 수가 없다. 우여곡절 끝에 자신을 사랑하는 키치의 진실한 마음을 알게 되어 마침내 결혼하게 된다. 하지만 그가 아름답게만 생각했던 결혼생활의 환상은 깨어지고, 다른 사람들과 같은 평범하고 일상적인 삶을 산다. 그리고 그 생활에서 자신만의 행복을 찾으려고 노력한다.

**5.
키치**

공작의 딸로 매우 뛰어난 외모로 사교계의 주목을 받는다. 어린아이처럼 맑고 순수한 영혼을 가지고 있다. 그 또래의 다른 여성처럼 사교계 생활이나 그와 연관되는 결혼에 큰 환상을 갖고 있다. 브론스키와 결혼하기를 원하는 어머니의 말씀을 따르기 위해 그에게 마음을 주고 사랑하게 된다. 키치는 그 헛된 사랑이 전부라고 믿고, 레빈의 진실한 사랑 고백을 거절한다. 하지만 곧 브론스키가 안나와 사랑에 빠지며 배신하자, 키치는 실연의 부끄러움과 레빈에 대한 죄책감으로 깊은 병이 생겨 요양을 떠난다. 키치는 처음부터 자신이 레빈을 사랑하고 있었음을 깨닫고 더욱 괴로워한다. 하지만 레빈의 마음이 아직도 변함없이 자신을 향해 있다는 사실을 알게 된다. 마침내 그녀는 자신의 어리석은 선택을 후회한다고 고백하며 레빈의 진실한 사랑을 되찾는다. 결혼 후 그와 함께 행복하고 평범한 시골생활을 시작한다.

6.
스테판 아르카지치 오블론스키

안나의 오빠로 매력적인 향락주의자다. 자신의 편한 생활을 위해서는 어느 누구와도 좋은 관계를 맺을 수 있는 자유주의자기도 하다.

그는 재능도 부족하고 노력도 안 하지만 여동생 안나의 남편인 알렉세이 알렉산드로비치의 도움으로 제법 높은 자리의 관리직을 얻어 안정된 생활을 한다. 그래서 안나 부부의 일이라면 항상 적극적으로 나서서 도와주려고 애를 쓰기도 하고, 그들의 일을 진심으로 걱정하고 마음 아파한다. 뿐만 아니라 친구 레빈과 처제 키치를 맺어주기 위해 여러 가지 방법을 모색한다. 하지만 정작 자신의 집안일을 원만하게 해결하지 못한다. 자녀들의 가정교사와 부정한 일을 저질러 아내인 돌리에게 미움을 받기 때문이다. 그는 아내 돌리에게 용서를 구하며, 설득하기보다는 안나의 도움으로 부부관계를 유지하려고만 한다. 선량하고 관용적인 성격이지만 귀족주의적인 사치스러움 때문에 금전적인 어려움을 자주 겪는다.

7.
돌리

오블론스키의 아내며, 키치의 언니다. 정숙한 부인으로서 남편을 존경하고, 다섯 아이들을 사랑하며 가정을 잘 이끌어나가느라 자신의 아름다움은 가꿀 여유도 없이 살아간다. 하지만 남편의 외도를 알고 그에 대한 믿음이 모두 미움으로 변하게 된다. 이혼을 생각하지만 혼자서는 결코 살아갈 수 없음을 깨닫고, 남편과 헤어질 수 없는 그녀는 자신의 처지를 한탄하며 괴로워한다. 그래서 자식들을 사랑하는 일에 전념한다. 한편 자신에게 늘 잘해주는 안나에게는 친동생처럼 대해준다. 안나와 브론스키의 관계를 알고 도움을 주려고 하지만 돌이킬 수 없는 그들의 관계를 알고는 매우 안타까워한다. 동생 키치의 일도 진심으로 걱정하며 위로한다. 레빈과 키치의 관계를 알고 적극적으로 도와준다.

안나 구레니나

1.

사람들은 행복한 가정을 보면서, 그렇게 사는 것은 모두 비슷비슷한 것이라고 말한다. 하지만 불행한 가정의 모습은 그렇지가 않다. 그들의 불행한 모습은 모두 제각각 복잡한 이유가 있기 때문이다.

오블론스키의 집안도 마찬가지였다. 아무도 모르는 사이에 서서히 불행이 찾아들고 있었다. 오블론스키는 재능이 뛰어나지만 노력을 하지 않는 사람이었다. 운이 좋아서 대학에 들어갔으나 성실하게 공부하지도 않았고 게을렀다. 당연히 졸업할 때의 성적은 좋을 리가 없었다.

하지만 누이동생 안나의 남편인 알렉세이 알렉산드로비치가 손을 써주어, 오블론스키의 능력과는 상관없이 모스크바의 유명한 관청의 장이 되게 해주었다. 알렉세이 알렉산드로비치는 재능 있는 재벌 귀족이었기 때문이다. 그래서 오블론스키는 자신의 노력도 없이 명예와 권력과 부를 한꺼번에 누리는 행운을 얻었다.

하지만 오블론스키는 이 행운을 감사하게 생각하지 않았다. 아이들의 가정교사와 맺은 부정한 관계가 아내에게 들통이 나버려 집안을 시끄럽게 만든 것이다. 오블론스키의 아내 돌리는 더 이상 그와 살 수 없다고 선포를 했다.

그 무렵 친구 레빈이 오블론스키를 찾아왔다. 레빈은 시골에서 모스크바로 올라올 때마다 친구를 찾아왔다. 평소에는 잘 입지 않는 양복까지 갖춰 입은 레빈은 항상 불안하고 초조한 생각을 하는 듯 보였다. 오블론스키는 레빈의 마음을 반쯤은 꿰뚫고 있었다. 자신의 처제인 키치를 레빈이 마음에 두고 있다는 사실을 진작부터 알고 있었기 때문이다. 얼굴이 붉어지며 자신의 처가의 안부를 묻는 레빈에게 키치가 동물원에서 오후 내내 스케이트를 탈 것이라는 정보를 주었다.

레빈이 모스크바에 온 이유는 바로 키치에게 청혼을 하기 위해서다.

레빈의 가문과 키치의 집안인 스체르바츠키 가문은 모두 모스크바의 전통 있는 귀족이다. 그래서 레빈은 오래전부터 스체르바츠키 집안의 세 자매 가운데 한 사람과 결혼을 할 것이라는 예상을 했다. 하지만 큰딸 돌리는 절친한 친구 오블론스키와 결혼했고, 둘째 나탈리도 이름 있는 외교관과 결혼했다. 레빈은 자신이 너무 보잘 것 없다고 생각했다. 게다가 막내인 키치는 더욱 신비하고 거룩해 보였다. 그래서 레빈은 포기하고 시골로 내려가버렸던 것이다. 하지만 시간이 흐르면 흐를수록 키치를 향한 자신의 마음이 점점 깊어감을 느꼈고, 그 사랑을 이루어야만 자신이 살아갈 수 있다는 것을 깨달았다. 그래서 다시 모스크바로 온 것이다.

레빈은 키치가 있다는 동물원으로 향하는 내내 마음을 진정시켰다. 흥분을 가라앉히고 침착하려고 할수록 마음이 더욱 방망이질 쳤다. 사람들이 붐볐지만 동물원 입구에 들어서자마자 멀리서 스케이트를 타는 아름다운 요정 같은 키치의 모습이 한눈에 들어왔다. 눈이 부셔 똑바로 바라볼 수가 없어 일부러 다른 곳을 쳐다보며 걸었다. 키치의 사촌오빠가 아니었다면 그녀에게 말조차 걸 수 없었을 것이다.

키치는 레빈이 스케이트를 매우 잘 탄다는 소문을 들어왔다. 멋지게 타는 모습을 보고 싶다며 함께 타자고 권했다. 레빈은 키치의 손을 붙잡고 스케이트를 타는 동안 내내 가슴이 터질 듯했다. 키치도 레빈의 스케이트 솜씨를 보고 감탄했다. 키치는 레빈에게 얼마 동안 모스크바에 머물 생각인지 물었다. 레빈은 키치에게 달려 있는 것이라고 대답했다. 하지만 키치는 그 대답을 들었는지, 못 들었는지 스케이트를 타고 저만치 미끄러져 나갔다.

레빈은 키치의 집으로 초대되어 묵게 되었다. 오블론스키는 키치에 대한 레빈의 마음을 눈치채고 있었다. 그는 좋은 말은 낙인을 보면 알 수 있고, 사랑에 빠진 젊은이는 눈빛을 보면 알 수 있다면서, 빛나는 앞날이 펼쳐질 것이므로 레빈에게 용기를 내라고 충고했다.

레빈은 친구의 말에 힘을 얻었지만 키치가 자신의 고백을 받아들여

줄지 걱정스러웠다. 게다가 키치를 마음에 두고 있는 것은 레빈만이 아니었다. 이바노비치 브론스키 백작의 아들인 젊은 귀공자 브론스키가 경쟁상대였다. 브론스키는 교양 있고 똑똑한 청년으로 재력과 미모를 겸비한 인물이었다. 시골로 내려가서 왕래가 없었던 레빈보다는 항상 곁에서 지켜봐주던 브론스키 쪽이 키치의 마음을 잡기에는 훨씬 유리했다.

모스크바에 와서 가족들도 만나지 않고 오로지 키치 생각만으로 가득 찼던 레빈은 자기 자신이 비열하게 느껴졌다. 그리고 키치를 사이에 두고 경쟁을 해야 하는 것조차도 올바르지 않다고 생각했다. 하지만 더 이상 망설이고만 있을 수는 없는 일이었다. 레빈은 정식으로 고백을 하기로 마음먹었다. 키치의 집에서 묵게 된 레빈은 그녀를 만나러 응접실로 들어갔다. 그리고 어렵게 고백을 했다.

"당신을 만나러 모스크바에 왔습니다. 나의 아내가 되어 주십시오."

키치는 마음이 행복으로 가득해지는 기쁨을 맛보았다. 하지만 그녀는 일찍부터 브론스키의 아내가 되어야 한다고 생각했다. 그래서 그런 기쁜 마음을 나타내지도 못한 채 그의 고백을 거절하고 말았다. 레빈은 자신의 진심어린 고백이 단 한 번에 실패한 슬픔으로 절망했다. 키치의 집에서 파티가 열렸지만 레빈은 그들의 대화에 낄 수가 없었다. 레빈이 본 것은 브론스키의 곁에서 행복해하는 키치의 모습뿐이었다.

그날 밤 키치의 부모인 스체르바츠키 공작 부부는 심하게 다투었다. 공작은 부인이 브론스키의 배경을 보고 딸을 시집보내려는 것이 마땅치가 않았기 때문이다. 공작은 오히려 진실한 마음을 갖고 있는 레빈이 키치에게 마음이 있어 자꾸 드나들고 있다는 것을 눈치채고 은근히 마음에 두고 있었다.

키치의 아버지가 우려했던 것처럼 브론스키는 사랑에는 관심이 없는 사람이었다. 아버지를 일찍 여읜 그는 결혼이나 가정생활에 관해 진지하게 생각해보지도 않았다. 그런 생각을 갖고 있으면서도 키치와 가까이 지내는 것이 잘못이라는 생각을 하지도 않았다.

2.

브론스키는 파티를 마치고 다음날 어머니를 마중하러 기차역에 갔다가 오블론스키를 만났다. 오블론스키 역시 페테스부르크에서 오는 동생 안나를 마중나온 것이었다. 플랫폼 안으로 들어오는 기차 안에서는 이미 브론스키의 어머니와 안나가 함께 앉아, 이야기를 나누며 지루하지 않은 시간을 보내고 있었다.

브론스키는 어머니 곁에 앉아 있는 아름다운 귀부인이 오블론스키의 동생 안나라는 것을 한눈에 짐작할 수 있었다.

브론스키의 어머니는 오빠와 다정하게 역을 빠져나가는 안나의 뒷모습을 보고 그녀처럼 아름답고 사랑스러운 여자는 처음 본다며 칭찬을 아끼지 않았다. 사실 그때 브론스키도 말은 안했지만 그의 어머니와 같은 생각을 했다.

안나는 그렇게 사랑스러운 여자였다. 모든 사람이 그녀와 함께 있는 것을 좋아했다. 그 어떤 지루한 자리라도 그녀와 함께 있으면 사람들은 모두 즐거워했다. 이번에 안나가 오블론스키의 집에 온 이유도 오빠의 외도 때문에 마음 아파하는 돌리를 진심으로 위로해주기 위해서였다. 돌리는 남편에게 배신당한 스스로의 처지를 비관하며 절망에 빠져 있었다. 안나는 돌리의 상처를 진심으로 이해하며 친절하게 대해주었다. 뿐만 아니라 오랫동안 보지 못했던 조카들의 이름, 생일까지 잊지 않으며 선물을 나누어주었다. 자신의 고통을 아무도 함께 나눌 수 없다고 생각했던 돌리는 시누이의 진심어린 걱정과 위로를 받아들이고 남편을 용서했다.

안나 덕분에 그날 저녁에는 오블론스키의 온가족이 함께 저녁을 먹을 수 있었다. 돌리의 동생 키치도 초대되어 오랜만에 행복한 저녁식사를 했다. 키치는 그동안 안나를 한두 번밖에 보지 못했기 때문에 낯설 것으로 생각했지만 금방 친숙함을 느꼈다. 키치는 안나가 사교계의 귀부인처럼 느껴지지 않고 오히려 자신 또래의 젊은 아가씨 같다고 생각했다. 게다가 여덟 살 난 아이의 엄마라는 사실이 더더욱 믿겨지지 않았다. 그들은 다음에 돌아오는 무도회 이야기를 하던 중 안나가 그것을 그다지 즐거워하지 않는다는 사실을 알고 키치는 그녀가 꼭 와주었으면 좋겠다고 부탁을 했다. 그리고 이번 무도회에 많은 기대를 하고 있다는 생각을 말했다. 안나는 자신의 처녀시절을 떠올리며 키치의 마음을 이해했다. 그리고 키치에게 씁쓸하게 말했다.

"그런 기분은 높은 산에 걸려 있는 안개와도 같은 것이에요. 그리고 그 안개는 생각보다 오래 걸려 있지 않아요."

키치는 아름답고 숭고해 보이기까지 하는 안나가 걸어온 젊은 시절의 사랑이 너무 궁금했다.

얼마 뒤 키치가 말한 대로 모스크바에서 가장 유명한 신사의 집에서 무도회가 펼쳐졌다. 키치는 머리부터 발끝까지 신경을 안 쓴 곳이 없었다. 그녀의 두 눈동자는 반짝거렸고, 입술에는 수줍은 미소가 떠나질 않았다. 단연 이번 무도회의 인기는 키치였다. 많은 남자가 키치에게 왈츠를 청하느라고 정신이 없었다. 그 무렵 무도회에서는 처음에는 왈츠를 추다가 다음에는 카드리유* 그 다음에는 마주르카**를 추었다.

하지만 정작 키치에게 왈츠를 청할 사람인 브론스키는 다른 곳에 정신이 팔려 있었다. 브론스키는 고풍스러운 벨벳 옷으로 시선을 끄는 아름다운 안나에게 눈을 떼지 못하고 있었다. 브론스키가 안나의 곁으로 가 인사를 청했지만 안나는 다른 사람과 왈츠를 추었다. 이런 모습을 본 키치는 안나의 행동이 무례해 보였지만, 왜 그렇게 하는지 궁금해졌다. 그후에 브론스키는 키치에게 카드리유를 청했다. 키치는 사랑이 가득한 눈으로 브론스키를 바라보며 춤을 추었지만 브론스키의 마음은 그렇지가 않은 듯했다. 그래도 키치는 마지막 춤인 마주르카를 출 때면 브론스키가 청혼을 해줄 것으로 믿었다. 역시 많은 사람이 그녀와 춤을 추기를 청했으나 키치는 브론스키를 기다리며

* 오페라의 멜로디를 이어놓은 음악에 맞추어 네 쌍의 남녀가 사각형을 이루어 추는 춤이다. 복잡한 발동작보다는 무도자들의 조화를 강조한다.
** 폴란드의 민속 춤곡이나 그 곡에 맞추어 추는 발랄한 춤을 말한다.

거절했다. 하지만 브론스키는 쉽게 오지 않았다.

키치는 어쩔 수 없이 계속 춤을 청했던 한 청년과 춤을 추었는데 그녀의 눈에 안나와 브론스키가 함께 춤을 추고 있는 장면이 보였다. 조금 전과 달리 안나의 얼굴은 무언가 알 수 없는 신비한 표정으로 가득했다. 얼마 전 자신이 레빈의 고백을 들었을 때처럼 행복한 기분으로 가득 찬 그런 흥분된 표정이었다. 키치는 갑자기 두려워졌다. 브론스키가 뭐라고 말을 할 때마다 안나의 움직임은 떨리고 있었다. 그들의 경쾌한 춤동작을 보면서 키치의 머릿속은 캄캄해졌다. 안나를 바라보는 브론스키의 표정은 금방이라도 무릎 꿇고 사랑을 고백할 태세였다. 키치는 다른 사람들과 억지로 춤을 추고 이야기를 나누었지만 무슨 정신인지 모를 정도로 혼란스러웠다. 결국 더 이상 춤을 출 수 없는 상태에 빠져 나머지 춤 신청을 모두 거절하고 의자에 앉아 넋을 잃고 안나와 브론스키를 보았다.

무도회가 끝나고 한 계절이 지나갈 무렵, 키치는 점점 알아볼 수 없을 정도로 몸이 쇠약해졌다. 그 당시 결핵은 지금과는 달리 손을 쓸 수 없는 큰 병이었다. 키치는 무도회에서 겪은 일로 신경을 쓰다가 건강을 해치고 결국 결핵에 걸린 것이다. 언니 돌리는 자신의 동생이 마음에 큰 병이 생겨서 요양을 가게 되었다는 소식을 듣고 이야기를 나누려고 했지만 키치는 쉽게 마음을 열지 않았다.

"누구나 크고 작은 일을 겪으면서 성숙해가는 법이야."

"브론스키는 나에게 아파할 가치도 없는 사람이야."

키치는 충고해주는 돌리에게 야멸차게 말했다. 키치는 자신을 진심으로 사랑하는 레빈에게 상처를 입히고 자신을 사랑하지도 않는 브론스키에게 실망했다는 사실이 너무 불행했다. 그리고 자신도 레빈을 깊이 사랑하고 있다는 사실을 그제야 깨달았다. 키치는 자신을 사랑하지도 않는 남편을 붙잡고 사는 언니처럼 살고 싶지 않다고 소리쳤지만 곧 언니 품에 안겨서 울음을 터뜨렸다. 돌리는 동생에게까지 그런 소리를 듣는 자신의 신세가 서글펐으나 가여운 동생을 용서했다.

3.

한편 모스크바에서 페테스부르크로 돌아간 안나는 전과는 달리 사교계 모임에 자주 얼굴을 내비쳤다. 브론스키도 페테스부르크에 와 있었기 때문에 두 사람은 자주 만날 수 있었다. 브론스키는 안나가 있는 곳이면 어디든지 나타나서 그녀에게 사랑 고백을 했다. 그러나 안나는 그의 사랑을 받아들이지 않았다. 브론스키를 만날 때마다 가슴이 벅차오르고 기분이 좋아지는 것을 안나도 느끼고 있었다. 처음에는 브론스키의 행동이 아주 불쾌했지만 그런 그의 모습이 보이지 않는 날이면 문득 서운함이 느껴졌다. 하지만 남편이 있는 몸으로 다른 사람을 마음에 둔다는 것은 안나에게는 받아들일 수가 없는 행동이었다.

안나는 베트시 공작의 집에서 열린 무도회에서 브론스키를 만났다. 그리고 브론스키에게 모스크바에 있는 키치가 그 때문에 많이 아프다는 소식을 전했다. 브론스키는 자신이 사랑하는 사람의 입에서 키치의 이야기가 나오자 불쾌했다. 안나가 자신의 마음을 전혀 몰라주고, 키치를 아프게 한 나쁜 사람으로만 보고 있다고 생각했기 때문이다.

브론스키는 용기를 내어 고백을 했다. 자신이 누구 때문에 이렇게 나쁜 사람이 되어가고 있는지를 진심으로 안나에게 물었다. 안나는 당황해서 얼굴이 붉어졌다. 누군가 이런 이야기를 들었을까봐 두렵기도 했다. 그래서 안나는 자신이 그동안 관심도 없는 무도회에 드나들게 된 이유를 털어놓게 되었다. 브론스키 때문에 괴로운 자신의 심정과, 함께 있으면 마치 죄인이 된 듯한 속마음을 말했다. 그리고 진심으로 브론스키가 자신을 사랑하는 것이라면 자신의 마음을 안정시켜달라고 부탁했다.

브론스키는 안나의 속마음이 자신과 같다는 사실을 확인하고 뛸 듯이 기뻤다. 그리고 안나가 자신의 삶에서 전부라는 것을 말했다. 그래서 안정을 줄 수는 없지만 자신의 모든 것을 걸고 자신의 사랑 전부를 주겠다고 맹세했다.

이제 안나와 브론스키의 마음은 하나가 되었다. 브론스키의 말대로 이제 그들은 마음의 안정을 찾기는 힘들게 되었다. 절망 아니면 행복만이 남아 있는 삶을 택하게 된 것이다.

하지만 안나는 자꾸만 망설여졌다. 그래서 브론스키에게 자신을 위해 친구로 지낼 수는 없겠느냐고 물었다. 하지만 안나 자신도 그런 말을 하면서도 브론스키에게 점점 빠져들고 있었다.

한편 알렉세이 알렉산드로비치는 안나와 브론스키가 가깝게 지낸다는 것을 소문으로 듣고 짐작하고 있었다. 하지만 그는 질투심이 많은 어리석은 사람이 아니었다. 그런 일을 추궁하는 것은 정숙한 아내인 안나를 모욕하는 일이라고 생각했다. 그래서 그는 안나를 굳게 믿고 소문을 무시했다. 그러나 마음속에 안나에 대한 의심이 아주 없는 것은 아니었다. 안나가 다른 사람을 사랑할 수도 있다는 생각이 들 때마다 긴장되는 마음으로 안절부절못하게 되었다.

무도회에서 돌아온 안나는 빛나는 얼굴로 남편을 보며 활짝 웃었다. 알렉세이 알렉산드로비치는 태연한 척하며 아내에게 정중하게 충고를 했다.

"사교계에서 안 좋은 소문이 돌고 있으니 몸가짐을 주의해주시오."

안나는 전혀 모르겠다는 얼굴로 애써 표정을 감추었다. 알렉세이 알렉산드로비치는 거짓표정을 짓는 안나를 보며 그녀가 변했음을 알 수 있었다. 자신에게 항상 열린 마음으로 무엇이든 다 이야기하던 아내의 모습을 더 이상 찾을 수 없었다. 그녀는 오히려 많은 것을 감추며 마음을 닫고 있었다. 하지만 알렉세이 알렉산드로비치는 아직 실망하기에는 이르다고 자신을 스스로 위로했다. 질투라는 천한 감정으로 안나를 화나게 할 수는 없다고 믿고 싶었다.

그 뒤에도 안나의 행동은 조금도 변하지를 않았다. 안나는 계속 브론스키를 사교계에서 만났고, 알렉세이 알렉산드로비치는 현명한 그녀가 언젠가는 모든 것을 털어놓을 것이라고만 믿었다.

4.

키치에게 거절당하고 모스크바에서 시골로 돌아온 레빈은 한동안 슬픔에 싸여 있었다. 시험에 떨어졌을 때나, 공들인 일을 여동생이 망쳐놓았을 때도 그랬듯이 시간이 지나면 모두 잊혀질 것이라고 생각했다. 지금 생각해보면 모두 우스운 일이 그때는 모두 심각했으니까 사랑의 슬픔도 당연히 그럴 것이라고 믿었다. 하지만 석 달이 지나도 키치에 대한 사랑은 식지가 않았고 괴로움만 더해갔다.

시골에도 봄이 찾아왔다. 레빈은 괴로움을 추스르고 계획을 세워 일을 하기로 마음먹었다. 농사짓는 것을 좋아해서 시골생활을 시작했지만 막상 어떻게 해나가야 할지 막막했다.

우선 부서진 울타리를 고치고 암소들에게 햇볕을 쏘이게 했다. 게으른 집사들과 목수들을 다그치고 직접 일을 시작했다. 하지만 겨우내 놀기만 했던 일꾼들은 젊은 주인의 말을 잘 듣지 않았다. 토끼풀씨앗을 뿌리는 시기를 놓치고 귀리씨앗은 썩어버렸다. 레빈은 부지런한 일꾼들을 더 뽑아서 서둘러 일을 시작했다. 넓게 트인 푸른 들판을 바라보며 레빈은 다시 흐뭇해졌다.

그때쯤 친구 오블론스키가 찾아왔다. 레빈은 자신을 찾아 먼 시골까지 내려온 친구가 무척이나 반가웠다. 그러면서도 한편으로는 키치의 소식이 궁금했다. 하지만 상처가 되살아나 물어볼 수가 없었다. 오블론스키는 집안의 산을 팔 겸 사냥이나 할 겸 레빈에게 온 것이었다. 하지만 오블론스키 역시 레빈이 묻기도 전에 키치의 이야기를 먼저 말할 리가 없었다. 결국 레빈은 참지 못하고 키치와 브론스키는 언제 결혼하는지 물었다. 오블론스키는 어이없다는 듯한 표정을 지으며 키치는 병이 생겨 요양을 갔다고 말해주었다. 그리고 덧붙여서 브론스키에게 거절당했다는 이야기도 했다. 레빈은 무척이나 놀라고 화가 났다. 그래서 오블론스키의 산을 사기로 한 랴비닌이라는 사람에게 이유 없이 무례를 범하기도 했다. 레빈은 계급 타파를 반대하는 보수주의자였는데 랴비닌이라는 평민이 오블론스키의 땅을 싸게 구입하는 것이 마음에 들지 않았던 것이다. 레빈의 심경이 복잡한 것을 안 오블론스키는 그의 우울한 마음을 짐작하고 풀어주려고 애썼다. 하지만 레빈은 브론스키에게 자신이 모욕당했다는 기분이 들자 참을 수가 없었다. 레빈은 오블론스키에게 자신이 키치에게 청혼을 했다가 거절당하고, 키치는 브론스키에게 거절당한 것이라는 사실을 말해주었다. 오블론스키는 만약 자기라면 당장 키치에게 달려가겠다고 레빈에게 충고했다.

5.

브론스키는 충분히 출세를 할 수 있는 배경과 실력이 있는데도 군대와 동료들 일을 우선으로 했기 때문에 매우 인기가 높았다. 그래서 안나와 사랑에 빠졌다는 소문이 돌면서 동료들이 그의 일을 진심으로 걱정해주었다. 안나의 남편인 알렉세이 알렉산드로비치가 지위가 높은 사람이라서 소문은 더욱 빨리 퍼질 것이기 때문이었다.

브론스키의 어머니도 소문을 들었으나 안나의 인품을 알고 있었기 때문에 대수롭지 않게 생각했다. 하지만 브론스키가 출세할 수 있는 좋은 기회가 왔는데도 안나를 떠날 수 없어 거절했다는 이야기를 듣자 걱정이 되기 시작했다. 게다가 그 일 때문에 브론스키가 상사의 미움을 받게 되었다는 이야기까지 들려왔다. 그래서 브론스키의 어머니는 큰아들을 통해 브론스키에게 집으로 오라는 편지를 보냈다.

그 무렵 브론스키는 승마에도 빠져 있었다. 며칠 뒤에 있을 장애물 경기를 위해서 영국산 암말 한 마리를 샀다. 대회가 시작되는 날 브론스키는 안나를 보고 경기를 해야 잘 풀릴 듯해서 그녀가 머물고 있는 별장으로 향했다. 그녀는 꽃그늘에서 물뿌리개로 물을 주고 있었다. 안나의 아들 세료자를 기다리는 중이었다. 어딘가에서 아들이 뛰어나올 것 같아서 이리저리 손을 올려 바라보고 있었다. 햇빛에 떨어지는 물방울들이 그녀를 더욱 아름답게 만들어주었다. 안나의 이런 황홀한 모습을 보고 있자 브론스키는 앞으로 그녀에게서 빠져나올 수 없음을 느꼈다.

갑자기 찾아온 브론스키를 보고 안나는 당황했다. 브론스키는 안나를 만나고 승마대회에 나가야 좋은 경기를 펼칠 수 있을 듯해서 찾아왔다고 말했으나 안나는 평소와 달리 뭔가를 망설였다. 브론스키는 그녀를 괴롭히는 것이 도대체 무엇인지를 물었다. 안나의 얼굴은 창백하게 변하고 손은 떨렸다. 안나는 브론스키의 아이를 가진 것이었다. 브론스키는 안나의 이야기를 듣고 이제 결정을 내릴 때가 왔으며, 운명은 이미 결정되어 있는 것이라서 이제 결말만 남은 것이라고 말했다.

남편이 있는 여자의 몸으로 어떤 결말을 맞는다는 것인지 안나는 두려웠다. 브론스키는 안나가 이혼을 하고 새로운 행복을 찾아 자신과 떠나기를 바랐다. 하지만 안나는 서글프게 웃을 뿐이었다. 남편에게 사실대로 말하라는 브론스키의 말을 듣지 않았다. 안나는 자신의 남편은 자신의 명예를 지키기 위해, 쉽게 이혼해줄 사람이 아니라는 것을 이미 알고 있었기 때문이다.

알렉세이 알렉산드로비치는 아내가 자신을 사랑하지 않는다는 사실보다 정치가로서의 자신의 명예를 더 중요하게 생각하는 사람이었다. 자신이 주의를 주었는데도 아내가 다른 사람을 사랑해서 이혼을 요구하도록 그냥 내버려둘 사람이 아니었다. 자신의 명예에 먹칠을 하기 전에 어떤 권력이라도 다 동원해서 그 일을 막을 수 있는 사람이라는 것을 안나는 알고 있었기 때문에 용기가 나지 않았던 것이다. 안나에게 알렉세이 알렉산드로비치는 더 이상 자신의 인자한 남편이 아니었다. 아내로서 죄를 짓고 있는 것은 사실이었지만 더 이상 안나는 그에게 마음이 남아 있지 않았다. 정치와 명예밖에 모르는 남편이 기계처럼 느껴지기도 했다.

브론스키는 남편에게 모든 것을 이야기하고 행복을 찾아 떠나자고 여러 번 말했지만 안나가 그럴 수 없는 또 하나의 이유는 바로 아들 세료자 때문이기도 했다. 사랑하는 자신의 아들을 버리고 사랑을 찾아 떠나갈 수가 없었다. 브론스키도 거기까지는 생각하지 못했기 때문에 안나가 무슨 이유에서 사랑도 없는 가정을 버리지 못하는지 이해할 수가 없었다.

안나는 자신의 난처한 입장만을 이야기하며 그냥 없었던 일로 태연하게 지내자고 했다. 그럴수록 브론스키는 괴로워하며 안나를 설득했다. 하지만 소용없었다. 안나는 브론스키가 자신 때문에 인생을 망쳐버릴까봐 두려웠다. 브론스키 역시 안나가 자신과의 일 때문에 혼자괴로워하는 것을 보고만 있을 수가 없었다. 멀리서 안나의 아들 세료자가 뛰어왔다. 두 사람은 저녁에 다시 만나 이야기를 하기로 하고 브론스키는 승마장으로 발걸음을 돌렸다.

안나와 오랜 이야기를 나누었기 때문에 경기시간이 얼마 남지 않았다. 브론스키는 상류층 사람들이 앉아 있는 자리를 피해 걸어갔다. 하지만 어머니가 그를 찾는다는 편지를 전해준 형을 만났다. 안나의 이야기를 하려는 형에게 브론스키는 자신의 일은 자기가 알아서 하겠다고 소리를 지르고 자리를 떴다. 사람들의 따가운 시선을 느꼈지만 경기를 시작했다. 열일곱 명의 장교가 경기에 나섰다. 장애물 경기는 목숨을 잃기도 하는 위험한 경기였다. 흥분된 상태에서 경기를 시작한브론스키는 약간 뒤처졌지만 장애물을 두어 개 넘자 느낌이 살아나 금세 선두를 달릴 수 있었다. 그는 틀림없는 승리를 예감했다. 장애물을하나만 무사히 넘으면 그의 예감대로 승리를 쥘 수 있었다. 하지만 마지막 도랑을 넘는 과정에서 브론스키는 말과 한몸이 되지 못해 중심을잃고 서투른 동작을 취하다가 발이 땅에 닿았다. 브론스키의 말이 그의 다리 위로 쓰러졌다. 브론스키가 발을 빼내려고 하자 말은 괴로운 듯이 숨을 몰아쉬었다. 넘어지면서 말의 등뼈가 부러졌던 것이다. 브론스키는 머리를 감싸며 괴로워했다. 브론스키는 무사했지만 말은 죽고 말았다. 그는 태어나서 처음으로 자신의 실수 때문에 일어난 불행을 너무 가슴 아파했다.

안나도 이 경기를 남편과 함께 지켜보고 있었다. 브론스키가 말에서 떨어질 때 안나는 자신도 모르게 여러 사람들 앞에서 비명을 질렀다. 그리고 벌떡 일어나 서둘러 집으로 돌아왔다. 안나는 브론스키가 걱정되어서 어떻게 돌아왔는지 생각나지도 않았다. 한참 후 브론스키가 무사하다는 소식을 전해 들었을 때야 안도의 한숨을 내쉬었다. 안나의 남편은 브론스키를 걱정하느라 여러 사람 앞에서 안절부절못하는 안나의 모습이 마음에 들지 않아서 집으로 돌아오는 내내 한마디도 하지 않았다. 그러한 남편의 모습을 보면서도 안나는 브론스키가 정말 무사한 것인지, 언제쯤 그를 만나게 될 수 있을지 하는 걱정뿐이었다.

안나의 남편은 그녀의 경망스러운 행동에 다시 한번 주의를 주어야겠다고 생각했다. 사람들이 그녀의 행동을 보고 어떤 말을 입에 담을지 걱정이라며, 여러 사람 앞에서 자신의 격을 떨어뜨리는 품위 없는 행동을 삼가해달라고 충고했다. 이렇게 말을 하면서도 알렉세이 알렉산드로비치는 자신의 생각이 모두 오해라고 안나가 말해주기를 기다렸다. 하지만 안나는 그의 말을 듣고 비웃는 듯한 미소를 지었다. 그 모습을 본 알렉세이 알렉산드로비치는 그 다음에 그녀가 무슨 이야기를 할지 두려움까지 느꼈다. 그래서 안나가 무슨 말을 하기 전에, 자신이 잘못 알고 있는 것이라면 미안하다고 덧붙였다. 하지만 안나는 남편의 기대를 깨버렸다. 그녀는 남편이 결코 잘못 알고 있는 것이 아니며, 남편과 함께 있는 순간에도 다른 사람을 생각하고 있었다고 고백했다. 뿐만 아니라 그를 매우 사랑하기 때문에 남편이 싫고 두렵고 증오스럽다고 말했다. 안나는 남편에게 결별을 서글프게 통보하면서 끝내 울음을 터뜨리고 말았다.

차마 끝내는 듣고 싶지 않은 이야기를 직접 안나에게 모두 들어버린 알렉세이 알렉산드로비치는 할 말을 잃고, 시체처럼 얼굴이 창백해졌다. 그래도 떨리는 목소리로 안나에게 자신의 체면을 위해서 명예에 흠이 가지 않게 똑바로 처신을 해달라고 부탁했다. 그리고 그는 별장에서 페테스부르크 집으로 혼자 돌아왔다.

안나의 마음이 완전히 변했다는 것을 안 알렉세이 알렉산드로비치는 많은 생각에 잠겼다. 더 이상 안나를 신뢰할 수 없었지만 결혼생활을 이끌어나가지 못할 이유는 아니라고 생각했다. 부정한 일을 저지른 안나를 불행하게 하기 위해서라도 자신은 이 결혼생활을 이대로 유지해 나가야 했다. 이렇게 시간이 흐르면 다시 평온한 가정이 될 것이라고 그는 믿었다. 그래서 별장에 있는 그녀에게 편지로 뜻을 전했다. 안나가 어떤 부정한 일을 저질렀어도 하느님이 맺어준 자신들의 인연을 함부로 끊을 수는 없다는 내용이었다. 하지만 그것은 안나와 절대로 헤어질 수 없다는 뜻을 돌려 말한 것이었다. 자신들의 불행한 결혼생활이 남들에게는 알려지지 않도록, 평탄하게 보이도록 노력해 달라는 내용이었다. 그것이 알렉세이 알렉산드로비치 자신과 안나와 아들 세료자를 위해 최선의 방법이라고 말하고 있었다.

안나는 남편에게 모든 것을 고백하고 난 뒤 잠깐 동안은 마음이 편했다. 하지만 시간이 흐르면 흐를수록 부끄러움과 두려움의 감정이 밀려왔다. 자신의 부끄러운 행동이 세상에 알려지면서 하인들이 자신을 밖으로 끌어내는 상상을 하면서 괴로워했다. 쫓겨나면 과연 어디로 가야할지도 걱정이었다. 그때 아들 세료자가 들어왔다. 몰래 복숭아를 먹고 가정교사에게 혼나게 된 모양이었다. 사랑하는 아들이 뛰어들어와 품에 안기자 안나는 뜨거운 눈물이 흘렀다. 이렇게 사랑스런 아이를 두고 자신이 무슨 생각을 한 것인지 반성이 되었다. 그동안 남편의 사랑을 포기하고, 그 모든 열정과 사랑을 모두 아들에게 쏟아부었다고 해도 과언이 아닐 만큼 그녀는 아들을 사랑했다. 남편이 이 아이에게 자신의 이야기를 모두 말해서 어머니를 미워하게라도 된다면 안나는 더 이상 살아갈 수 없었다. 그때 안나에게 남편의 편지가 도착했다. 편지를 가지고 온 하인은 답장을 받아가려고 기다리고 있었다.

안나는 남편이 어떤 결정을 내린 것인지 궁금하면서도 긴장이 되었다. 안나는 떨리는 손으로 편지를 뜯어보았다. 약간의 지폐 뭉치를 함께 보냈다. 편지의 내용을 읽어본 안나는 소름이 끼쳤다. 그동안에는 짐작하지도 못했던 불행이 자신을 향해 달려오는 것만 같았다. 알렉세이 알렉산드로비치는 기독교인으로서 옳고 정당하며 관대했다. 하지만 안나는 그런 남편의 행동이 비겁하다고 느껴졌다. 그동안 자신의 삶과 젊음이 결혼생활 내내 질식당했다는 사실을 아무도 모를 것이라고 생각했다. 안나는 불행을 혼자만 끌어안고 살아가야 하는 것이 서러워져서 하염없이 눈물을 흘렸다. 싱싱했던 자신의 젊음과 생명력이 어떻게 짓밟혔는지 알리지도 못한 채 이제는 부정한 여자로 멸시당할 일만 남은 것이 슬펐다.

안나는 행복을 위해 그동안 노력을 하지 않은 것도 아니었다. 자신의 만족만을 위해 사는 남편과 살면서 끝없이 삶의 의미를 찾으려고 했다. 남편을 사랑하려고 노력했고, 사랑하는 아들과 행복한 가정을 만들려고 애썼다. 하지만 더 이상 자신을 속이며 살 수가 없다는 생각이 들었다. 살아 있는 여자이기 때문에 더 이상 참을 수가 없었다. 그러나 안나는 남편에게 무슨 말을 써 보내야 할지 몰랐다. 그럴 수 없다고, 헤어지겠다고 써서 보낼 수도 없었고, 남편의 말을 따르겠다고 보낼 수도 없었다. 혼자서는 아무것도 결정을 할 수가 없었다. 그래서 안나는 편지를 잘 받았다는 내용의 짧은 답장을 써 보내고 브론스키를 찾아갔다.

브론스키는 연락도 없이 급하게 찾아온 안나에게 심상치 않은 일이 일어났다는 것을 직감했다. 사람이 많이 드나드는 베트시 공작부인의 별장이었기 때문에 남들의 시선이 따가웠지만 브론스키는 안나의 불안한 모습이 더욱 걱정스러웠다. 분명 그들의 만남에 유쾌하지 않은 일이 기다리고 있을 것이라고 생각했다. 안나의 초조함이 브론스키에게 그대로 전해졌기 때문이다. 안나는 전날 밤에 남편에게 모든 이야기를 사실대로 말했다는 것을 전했다. 그것은 그동안 브론스키가 원하던 일이었기 때문에 브론스키는 그녀를 더욱 진정시키려고 노력했다. 그는 안나의 남편과 결투라도 해야 할 일이 생기는 줄 알았다. 하지만 안나가 건네주는 알렉세이 알렉산드로비치의 편지를 읽고 난 뒤 오히려 잘됐다는 듯이 말했다. 이제는 안나가 남편을 떠날 때가 온 것이라고 생각했다. 하지만 안나는 그의 아들 세료자를 버릴 수가 없었다. 브론스키가 모든 것을 다 버리고 떠나자고 하면 그럴 수 있다고 생각했는데 그것과는 상관없이 마음이 자꾸만 달라졌다. 브론스키는 안나가 아들을 두고 자신과 함께 떠날 것인지 부끄러운 이 생활을 계속할 것인지를 물었다. 브론스키가 자신과의 사랑을 부끄럽다고 말하는 것이 안나는 싫었다.

안나는 참고 있던 울음이 터졌다. 브론스키와의 사랑을 부끄럽게 여기지 않으려고 노력했기 때문이다. 브론스키를 사랑하는 그 순간부터 안나는 변했다. 이제 안나에게 남은 것은 브론스키의 사랑, 단 하나뿐이었다. 그 사랑이 자신의 곁에만 있어 준다면 아무것도 부끄럽지 않았다. 오히려 그 사랑이 자랑스러울 것이라고 안나는 흐느꼈다. 안나의 이런 모습을 보며 브론스키도 눈시울이 뜨거워졌다. 태어나서 처음으로 울음이 복받치는 벅찬 경험이었다. 브론스키는 그녀가 가여워서 어쩔 줄 몰랐지만 별다른 수가 없었다. 그녀를 불행으로 빠지게 한 원인이 모두 자신에게만 있는 듯한 죄책감만 몰려왔다.

아들 때문에 이혼할 수가 없는 안나는 냉정을 다시 되찾고 브론스키를 뒤로한 채로 남편이 있는 페테스부르크로 돌아갔다. 서재에 있었던 알렉세이 알렉산드로비치는 안나가 집으로 돌아온 사실을 알면서도 나오지 않았다. 안나가 직접 서재로 가자 그때서야 평소와 다름없는 반가운 인사를 했다. 하지만 재빨리 핑계를 대고 밖으로 나가려고 했다. 안나는 그런 남편을 불러 세웠다. 그리고 자신은 행실이 부정한 여자이기 때문에 이제부터는 아무런 변명을 하지 않겠다는 이야기를 했다. 하지만 알렉세이 알렉산드로비치는 그런 말은 이제 듣고 싶지도 않을 정도로 안나에게 실망하고 정이 떨어졌다. 그러나 세상 사람들이 아직 그 사실을 모르고 있고, 자신의 명예가 땅에 떨어질 일만 만들지 않는다면 계속 모른 척할 것이었다. 또한 앞으로도 안나와 자신의 관계는 변함없을 것이라고 믿었다. 알렉세이 알렉산드로비치는 차가운 미소를 지으며 침착하게 말했다.

"당신이 그동안 저지른 부정한 행동을 솔직하게 고백했다고 해서 나에 대한 아내의 의무까지 포기하겠다는 이야기는 아니길 바라오. 그리고 이제 브론스키와는 더 이상 그 어떤 관계도 지속하면 안 되고, 하인들이나 사교계에서 손가락질 받을 만한 행동도 하면 안 되오. 이것을 지키는 일은 별로 어렵지 않을 것이오."

안나는 이제 앞으로 어떻게 해야 할지 막막할 뿐이었다.

6.

레빈은 시골생활에 점점 익숙해지고 있었다. 땀 흘린 대가로 돌아오는 성취감이 주는 행복을 마음껏 맛보는 중이었다. 그때쯤 레빈의 큰형 세르게이가 시골에 들렀다. 세르게이는 레빈의 시골생활을 자연에 묻혀 여유를 즐기는 삶이라고 생각하고는 자신도 휴식을 취하러 왔던 것이다. 레빈은 큰형 세르게이를 사랑하고 존경했지만 함께 생활하는 것이 걱정스러웠다. 레빈에게 시골생활은 형의 생각과는 달리 기쁨과 슬픔이 교차하는 노동의 현장이었기 때문이다. 레빈은 하는 일 없이 놀고 먹는 형이 불편했다.

밭에 나가 할 일이 있는 레빈을 붙잡고 세르게이는 이야기하기를 좋아했다. 레빈은 그런 이야기가 재미없고 늘 지루했다. 어느 날 세르게이는 낚시를 가고 싶어했다. 레빈은 그날도 들에 나가 할 일이 있었지만 형을 마차로 데려다 주어야 했다. 숲 입구에서부터는 걸어가면 좋았을 텐데 세르게이는 아침 이슬이 옷을 더럽힌다며 호수까지 데려다 주기를 바랐다. 레빈은 할 수 없이 형을 태우고 밭을 가로질러 달렸다. 마차 바퀴가 레빈의 밭을 밟으며 지나갔다. 밭의 식물들이 짓이겨지고 열매가 떨어졌다. 레빈은 속상했지만 어쩔 수가 없었다.

그리고 다시 밭으로 돌아와 땀이 흠뻑 나도록 일을 했다. 세르게이는 물고기를 한 마리도 잡지 못했지만 즐거웠다. 레빈이 다시 형에게 갔을 때도 세르게이는 반짝이는 물결을 함께 좀 바라보고 있자고 했다. 하지만 레빈은 빨리 형을 집으로 태워다 주고 풀베기를 해야 했기 때문에 마음이 급했다. 할 수 없이 다음날 풀베기를 하기로 마음먹고 형의 옆에 앉아서 이야기를 들었지만 한마디도 귀에 들어오지 않았다.

다음날 레빈은 풀베기를 하러 목초지로 갔다. 일꾼들이 레빈의 낫을 잘 들게 갈아놓았다. 일꾼 모두들 레빈이 풀베기를 잘할 수 있을까 의심하며 비웃었다. 레빈은 오랜만에 풀을 베는 것이고, 일꾼들이 모두 자신의 솜씨만 보고 있는 듯해서 집중할 수가 없었다. 그래도 레빈은 열심히 했다. 일꾼들도 더 이상 레빈의 모습만 감상하지 않고 열심히 일을 했다. 점심때가 되었을 때 레빈의 온몸은 소나기를 맞은 듯 땀으로 범벅이 되어 있었다. 레빈은 기분이 너무 좋았다. 어떤 힘든 일도 이제는 모두 다 해나갈 수 있을 듯했기 때문이다.

점심을 먹은 후 풀을 벨 때는 오전보다 더욱 잘 되었다. 오전에는 일꾼들이 레빈을 시험해보느라고 일부러 빨리 베어 나갔기 때문이다. 다음 일도 또 이렇게 익숙하게 배워나갈 것을 생각하니 레빈은 마음이 뿌듯해졌다. 일꾼들과도 친해져서 여러 가지 도움을 쉽게 받을 수 있었다. 레빈이 유쾌한 얼굴로 집으로 돌아갔을 때 형 세르게이는 얼굴을 찌푸렸다. 흩어진 머리카락과 땀으로 젖은 레빈의 옷차림이 마음에 들지 않았기 때문이다. 못마땅한 훑어보는 형에게 레빈은 자신의 들뜬 기분을 설명했다. 하지만 형 세르게이는 이해할 수가 없었다. 그저 하루 종일 일을 했으니 배가 몹시 고프겠구나 하는 생각뿐이었다. 그리고 오블론스키에게서 온 편지 한 통을 전했다.

편지에는 레빈이 있는 곳과 멀지 않은 곳에서 오블론스키의 아내 돌리가 아이들을 돌보며 지내고 있으므로 자주 가서 말동무라도 해달라는 부탁이 들어 있었다.

오블론스키의 부탁대로 레빈은 돌리를 위해 시간을 내어 찾아가 보았다. 돌리는 여섯 아이의 엄마로서 병아리들을 품는 어미닭처럼 행복한 얼굴로 레빈을 맞아주었다. 그런 돌리의 모습은 레빈이 늘 꿈꾸어오던 행복한 가정의 한 모습처럼 보였다. 서로 반갑게 인사하고 레빈은 아이들과도 익숙하게 놀아주었다. 그런 모습을 지켜보던 돌리는 레빈에게 자신의 여동생 키치의 이야기를 꺼냈다. 키치가 요양을 끝내고 다음주면 이곳으로 와서 자신과 지내게 될 것이라고 했다.

레빈은 어색해하면서 화제를 바꾸었다. 가장 궁금한 소식이면서도 레빈은 두려웠다. 키치 때문에 괴로웠던 마음이 겨우 안정되었는데 다시 깨질지도 모른다는 생각이 들었기 때문이다. 하지만 돌리는 사랑하는 여동생 키치의 일이 가장 중요했기 때문에 계속해서 이야기를 이어나갔다. 그리고 레빈이 키치의 안부를 묻지 않는 이유를 물었다. 레빈은 얼굴이 빨개져서 자신이 키치를 사랑했으나 거절당한 이야기를 했다. 돌리는 키치의 딱한 사정을 계속 이어나가면서, 처녀들은 수줍음 때문에 남자들을 멀리서 바라보아야 하며 무어라고 말해야 할지 모를 때가 많다고 했다. 그리고 마음에 들면 직접 방문해 청혼을 하는 남자들과는 많이 다르다고 말했다. 하지만 레빈은 한쪽으로 쏠린 키치의 마음을 이제는 되돌릴 수 없다고 생각했다. 키치가 이곳에 머문다고 하더라도 방문해주지 않을 것인지 묻는 돌리에게 레빈은 이제 더 이상 아무런 미련도 없다고 단호하게 대답했다.

레빈은 다시 밭일에 빠졌다. 베어놓은 풀들이 바싹 말랐다. 레빈은 그것이 마른 풀이라기보다는 향기로운 찻잎 같다고 느꼈다. 열심히 거둬들이는 일꾼들의 즐거운 표정을 보며 레빈은 다시 기분이 좋아졌다. 마른 풀을 거두는 젊은 부부의 행복한 뒷모습을 보며 저들의 삶과 복잡한 자신의 삶을 바꾸고 싶은 마음까지 들었다. 농부들과 어울려 단순하게 아름다운 삶을 살 수 있을 듯했다. 소박한 농부의 딸과 결혼해 지금의 행복을 누리고 싶었다. 마른 풀 더미에 누워 레빈은 밤새도록 깊은 생각에 빠졌다. 쓸데없는 지식과 교양만을 생각해온 그동안의 낡은 생활을 반성했다. 농삿일을 하며 얻은 만족과 안정을 이대로 잘 지켜나갈 수 있을지 생각하는 동안 날이 새고 있었다. 여태까지 꿈꾸었던 가정생활은 더 이상 없다는 것을 알았다. 지금 현재가 가장 중요하고 훌륭한 삶이라는 것을 깨달은 것이다.

레빈은 시원한 아침 공기를 마시며 마을길을 걸었다. 그때 마차의 방울소리가 들렸다. 마차의 구석에는 노파가 꾸벅꾸벅 졸고 있었고 창가에는 아름다운 젊은 처녀가 레빈을 보고 깜짝 놀라고 있었다. 그녀는 키치였다. 그녀를 본 레빈은 자신이 지난 밤 오랫동안 고민했던 모든 계획이 한꺼번에 사라지는 것을 느꼈다. 농부의 딸과 결혼을 상상하던 자신의 모습에 고개를 흔들었다. 그에게서 멀어져가는 마차를 오래도록 서서 바라보며 레빈은 확실한 삶의 답을 얻었다. 아무리 소박하고 단순한 생활이 좋다고 해도 자신이 그 생활을 할 수 없음을 알았다. 레빈은 아직까지 가슴 깊이 키치를 사랑하고 있었기 때문이다.

우연히 키치를 만난 이후, 밤을 지새우며 세운 레빈의 계획들은 조금씩 흔들리고 있었다. 레빈이 그동안 소중하게 생각해왔던 농삿일도 점점 흥미가 떨어졌다. 게다가 자신이 직접 농사를 지으면서 추진했던 여러 가지 방법이 전혀 도움이 되지 않는다는 사실을 알았기 때문에 더욱 맥이 빠졌다. 농부들은 계획도 없이, 노력도 없이 일을 했다. 홀륭한 농기구나 가축, 토지는 쓰이지 못한 채 버려졌다. 그는 더 이상 농사를 지을 힘이 없었다. 그뿐만 아니라 키치가 가까이에 있는데 만나러 갈 수도 없다는 것이 레빈을 더욱 힘들게 했다. 그녀에게 청혼했다가 거절당한 일이 그 둘 사이에 커다란 벽을 만들어놓은 듯했다.

그러던 어느 날 돌리에게 부인용 말안장을 빌려달라는 내용의 편지가 왔다. 레빈이 직접 가져다 주면 감사하겠다는 내용이었다. 레빈은 답장을 열 번도 더 썼다가 찢어버렸다. 결국 레빈은 하인에게 말안장만 들려 보냈다. 레빈은 머리가 너무 복잡해서 농삿일은 모두 집사에게 맡긴 채 멀리 떨어져 사는 친구 스비야주스키에게로 갔다. 한적하고 도요새가 많아서 사냥을 하며 쉬기에는 맞춤이었다. 스비야주스키는 레빈이 자신의 처제와 결혼하기를 바랐는데 레빈은 계속 모른 척하고 있었다. 그의 집 분위기는 매우 화목했다. 농삿일에 싫증이 난 레빈은 그의 집에서 지내는 것이 무척 유쾌했다. 그 집에는 근처의 지주들이 자주 놀러 왔는데 그해의 수확량이나 일꾼들의 이야기를 나누는 것이 즐거웠다.

어느 날 레빈이 스비야주스키 부인과 이야기를 나누고 있을 때 그의 동생 나스차가 나타났다. 레빈에게 잘 보이기 위해 화려한 외출복을 입고 온 듯했다. 사실 레빈은 키치를 잊고 다른 여자를 사랑할 수 있을까 시험을 해보고 싶어 이곳에 왔던 것이다. 레빈과 그녀들이 이런저런 이야기를 나누었지만 그는 흥미를 느낄 수가 없었다. 그래서 자리를 일어나 스비야주스키와 농사 이야기를 나누었다. 그는 농사를 버리지 못하는 레빈에게 여러 가지 충고를 해주었다.

레빈은 스비야주스키의 이야기를 듣고 새로운 계획이 떠올랐다. 직접 실행하기에는 많은 어려움이 있겠지만 레빈은 집사에게 자신의 계획을 말했다. 그동안 자신이 지시해온 모든 것이 쓸데없는 것이었다고 고백하자 집사는 웃었다. 그동안 레빈은 집사의 말에 귀를 기울이지 않았다. 자신이 틀렸음을 레빈이 인정하자 집사도 그의 계획을 신중하게 들어주었다. 그리고 농부들에게도 전달했다. 레빈은 이제 투자자로서만 농삿일에 참여하기로 했다. 그리고 농부들에게 새로운 조건으로 토지를 분배해주기로 했다. 하지만 농부들은 레빈의 말을 잘 이해하지 못했다. 쉴새없이 바쁜 농노들에게 그런 제안을 하는 레빈의 뜻은 잘 통하지 않았다. 레빈은 여러 가지 방법을 통해 끈질기게 농부들을 설득한 끝에 계획을 조금이나마 진행시켰다. 레빈은 사냥도 나가지 않고 집에만 틀어박혀 일을 했다. 그러는 동안 돌리의 가족들은 모스크바로 돌아갔다. 그 소식도 말안장을 되돌려준 하인을 통해 알게 될 정도로 몰두해 있었다. 가을이 되어 분배된 토지에 새 창고를 짓고 목재를 들여왔다. 암소에서 얻은 버터가 팔려 그 이익을 공동으로 나누기도 했다. 레빈의 계획은 잘 진행되었다. 레빈은 농민과 토지의 관계에 대한 이론을 책으로 펴내는 일을 해야겠다고 마음먹었다. 그러려면 돈이 많이 필요했다. 레빈은 추수를 할 때까지 기다리기로 했다.

레빈은 문득 문득 키치 생각이 났다. 레빈의 유모는 농부들 걱정은 이제 그만하고 결혼하라고 충고했다. 레빈은 자신의 마음을 들킨 듯해 뜨끔했지만 유모의 말이 맞는 것도 같았다. 레빈의 계획이 아무리 잘 진행되어도 그것은 농부들이 노력하지 않으면 소용없는 일이 되는 것이다. 그전보다 농부들이 열심히 일하는 것은 사실이지만 어떻게 될지는 아무도 모르는 일이었다.

7.

안나 부부는 알렉세이 알렉산드로비치가 원하는 대로 겉보기에는 아무렇지도 않게 지냈다. 안나의 남편은 매일 집에 들어왔으나 함께 식사를 하지 않았고, 아들과는 이야기를 나누었지만 안나와는 한마디도 나누지 않았다.

브론스키 역시 집으로 안나를 찾아가는 일은 없었다. 그러나 밖에서 만나는 일은 여전했다. 이것은 안나와 브론스키, 그리고 알렉세이 안렉산드로비치 세 명 모두에게 불행한 일이었다. 이와 같은 상황이 조금이라도 나아질 것이라는 기대마저 없었다면 그들은 단 한 시간도 편하게 지내지 못했을 것이다.

러시아의 겨울은 매우 추웠다. 게다가 브론스키는 러시아를 방문한 외국 왕자를 접대하라는 명령을 받았기 때문에 페테스부르크의 유명한 곳을 낯선 사람들과 돌아다녀야 했다. 브론스키는 원래 귀족들을 대하는 데 익숙했지만 점점 그런 일들에 싫증을 느낄 때였다. 일주일을 그렇게 보내고 집으로 돌아갔을 때에는 안나에게 편지가 한 통 와 있었다. 자신은 지금 너무 많이 아프고 슬퍼서 외출을 할 수조차 없으므로 집으로 와달라는 내용이었다. 안나의 남편이 집에서 둘이 만나는 일을 금지했기 때문에 할 수 없는 일이었지만, 남편이 회의에 참석하느라 집을 비운다며 안나는 브론스키를 간절하게 기다렸다. 브론스키는 저녁식사 후에 안나의 집을 방문하기로 마음먹었다.

그런데 식사 후 잠깐 의자에 앉아 있다가 잠이 깊이 들고 말았다. 그리고 얼마 뒤 이상한 꿈을 꾸고는 자리에서 벌떡 일어났다. 수염이 덥수룩하게 나 있는 작은 농부가 프랑스어로 브론스키에게 알 수 없는 말을 하는 꿈이었다. 그 농부의 표정이나 말투가 매우 두렵게 다가왔기 때문에 브론스키는 기분이 나빴다. 안나와 한 약속이 생각나 서둘러 옷을 챙겨 입고 안나의 집으로 향했다. 안나의 집 앞에는 마차가 준비되어 있었다. 알렉세이 알렉산드로비치가 외출한다고 했기 때문에, 브론스키는 자신을 기다리던 안나가 만나러 나오려고 준비해둔 것이라고 생각했다. 브론스키가 문 앞으로 다가섰을 때 갑자기 문이 열렸다. 그리고 브론스키는 깜짝 놀랐다. 마차를 준비해둔 것은 안나의 남편이었다. 얼떨결에 고개를 숙여 인사를 했지만 둘 다 좋은 표정은 아니었다. 알렉세이 알렉산드로비치는 예정대로 외출을 하고 브론스키는 안나를 만났다. 안나는 브론스키가 남편과 부딪쳤을지도 모르는데 아무런 걱정이 되지 않았다. 오히려 남편의 표정을 흉내내며 농담을 했다. 브론스키는 안나의 남편이 모든 사실을 알았을 때 자신에게 결투를 신청할 만큼 화를 내며 이혼을 요구할 줄 알았다고 말했다. 무엇 때문에 이렇게 괴로운 일을 그가 참고 있는지 궁금해했다. 안나는 그의 질문을 듣고 무표정하게 말했다. 자신의 남편이 만약 괴로웠다면 지금처럼 한 집에 살지 않았을 것이라고 단정지었다. 안나는 자신의 남편이 사람이 아니고, 관청에서 일하는 기계라고 비아냥거렸다.

안나는 남편 생각을 하자 분노가 끓어올랐는지 숨을 몰아쉬었다. 브론스키는 그녀를 진정시키느라고 애를 썼다. 그녀가 무엇을 하며 지냈는지, 어디가 아픈지를 다정하게 순서대로 물었다. 하지만 안나는 쉽게 진정되지 않았다. 안나는 자신의 이러한 생활이 얼마 남지 않았으며 곧 죽을 것만 같다고 흐느껴 울었다. 브론스키가 위로를 했지만 안나는 마치 자신의 미래를 본 사람처럼 절망을 확신했다. 그리고 안나는 꿈 이야기를 했다. 자신이 잠자는 침실의 한쪽 벽에 항상 어둡게 서 있는 사람이 있다는 것이었다. 안나의 이야기를 들은 브론스키는 그 어둡게 서 있는 사람이 자신의 꿈에도 가끔 나타나는 키 작은 농부와 같다는 것을 알 수 있었다. 꿈 따위를 믿는다는 것은 바보 같은 일이라고 자신 있게 말했지만 그도 자신의 미래가 두렵기는 마찬가지였다. 안나는 또 다른 꿈도 이야기했다. 어떤 하녀가 꿈속에 나타나 안나를 보고는 아이를 낳다가 죽는다고 했다며, 자신이 머지않아 진짜로 죽을 것만 같다고 이야기했다. 안나는 이제 자신의 꿈이 꼭 이루어지기라도 하는 주문처럼 그것을 믿고 슬퍼하기만 했다.

그날 밤 회의에서 돌아온 알렉세이 알렉산드로비치는 약속을 어긴 안나에게 단단히 화가 나 있었다. 브론스키와 마주치고 당황하는 것을, 하인을 비롯해 여러 사람이 보았기 때문이다. 자신의 체면을 끝까지 지켜주지 못한 안나에게 그는 마침내 폭발했다. 이제 더 이상 함께 있을 수 없다며 끝장이라고 소리치는 남편을 보고도 안나는 덤덤했다. 남편이 그러지 않아도 어차피 자신은 죽음으로 끝장날 것이라고 믿었기 때문이다. 알렉세이 알렉산드로비치는 모스크바로 떠나며 다시는 이 집으로 돌아오지 않겠다고 소리쳤다. 그리고 곧 이혼서류를 보낼 것이며, 세료자는 자신의 누이에게 보내겠다고 했다.

안나는 갑자기 정신이 번쩍 들었다. 그녀는 아들 없이 사는 인생을 한 번도 생각해보지 않았기 때문이다. 이혼을 하게 되어도 세료자만은 자신이 키울 수 있도록 해달라고 안나가 애원했지만 알렉세이 알렉산드로비치는 아무런 대답도 하지 않았다.

모스크바에서 알렉세이 알렉산드로비치는 오블론스키를 만났다. 오블론스키는 그들이 어떤 지경이라는 것을 잘 알지 못했다. 하지만 자신이 초청하는 모임에도 나오지 않고, 내내 표정도 어두운 것을 보고 심각한 일이 일어나고 있다는 것을 눈치챘다. 알렉세이 알렉산드로비치는 안나와 브론스키의 이야기를 모두 털어놓았다. 그리고 지금 이혼을 준비 중이라고 이야기했다. 오블론스키는 괴로운 표정을 지으며 알렉세이 알렉산드로비치를 설득했다. 그는 이성적이고 교양 있는 사람들이 이혼을 한다는 것은 말이 안 된다며 오해를 풀라고 말했다. 하지만 알렉세이 알렉산드로비치 역시 그것이 오해로만 끝날 수 있다면 그렇게 믿고 싶었다.

오블론스키는 괴로워하며 한숨짓는 그에게 자신의 아내 돌리를 만나보라고 권했다. 돌리라면 알렉세이 알렉산드로비치를 현명하게 설득시킬 수 있을 것만 같았다.

알렉세이 알렉산드로비치가 돌리를 만나러 오블론스키의 집에 도착했을 때 그곳에는 이미 많은 손님이 와 있었다. 돌리의 가족들과 관청에서 만난 여러 지식층이었다. 물론 키치도 와 있었다. 키치는 오늘 이곳에 레빈도 오기로 한 것을 알고 있었다. 그를 보더라도 당황하지 않으려고 마음을 굳게 먹었지만 계속 긴장이 되었다. 알렉세이 알렉산드로비치도 오블론스키가 여러 사람에게 소개시키며 기분을 풀어주자 금방 웃음소리가 커졌다.

그때 레빈이 들어왔다. 키치는 부끄러운 듯 돌아앉았지만 레빈의 눈에는 그것이 유난히 아름다워 보였다. 키치도 레빈을 보자 자신도 놀랄 만큼 흥분되고 떨렸다. 키치의 얼굴이 붉게 물들었다. 레빈이 그녀에게 먼저 다가가서 손을 내밀어 인사를 했다. 그녀는 작은 손을 내밀어 그의 손을 잡으면서 인사를 나누었다. 레빈은 가슴 한가득 행복감이 솟아오르는 것을 느꼈다. 마치 주변에 키치만이 있는 것처럼 숨이 막힐 것만 같았다.

레빈은 키치와 그동안 지낸 이야기를 편하게 나누었다. 사람들도 여러 가지 이야기를 나누었다. 그러다가 손님 가운데 한 사람이 최근에 일어난 결투 이야기를 꺼냈다. 아내 때문에 다른 남자와 결투를 하다가 상대를 죽이게 되었다는 내용이었다. 오블론스키는 얼른 화제를 돌렸다. 알렉세이 알렉산드로비치가 들으면 안나의 일을 떠올리며 불쾌해할 것이기 때문이다. 마침 알렉세이 알렉산드로비치는 오블론스키의 아내 돌리를 만나러 객실로 들어갔다. 돌리는 안나가 결백하다는 것을 확신했기 때문에 알렉세이 알렉산드로비치에게 화가 나 있었다. 그가 죄없는 안나를 불행하게 만들고 있다고 믿었기 때문이다.

알렉세이 알렉산드로비치는 자신도 믿기 어려운 일을 안나가 저지른 것이 사실이라면서 이제는 어쩔 수 없다고 말했다. 안나는 지난 8년 동안 아내로서 의무를 소홀히 했고, 이제는 남편을 배신한 것이라고 딱 잘라 말했다. 돌리가 믿지 못하겠다는 표정을 거두지 않자, 이 모든 이야기가 안나의 입에서 직접 나온 고백이라고 말했다. 돌리에게 이런 이야기를 하는 동안 알렉세이 알렉산드로비치는 자신의 신세가 더욱 불행하게 보였다. 그래서 안나가 지금도 자신의 죄를 뉘우치기는커녕 오히려 처음으로 돌아가 인생을 새롭게 시작하고 싶어한다는 것도 말했다. 알렉세이 알렉산드로비치는 자신이 이토록 불행한 남자인 줄 처음으로 실감했다. 돌리는 안나처럼 단정한 여인이 그런 부정한 일을 저질렀을 때에는 뭔가 사정이 있었을 것이라고 생각했다. 그래서 우선은 안나의 남편을 설득해야 한다고 믿었다. 돌리는 하느님까지 운운하며 속이 상해도 조금만 기다려 달라고 안나의 남편에게 부탁했다.

알렉세이 알렉산드로비치는 '원수를 사랑하라'는 하느님 말씀을 알고 있었지만 자신이 미워하는 자를 사랑할 수는 없었다. 그러나 누구나 자신의 슬픔만으로도 살아가기가 벅찬데도 자신을 위로한 돌리에게 진심으로 감사의 마음을 전했다.

사람들 틈에서 차를 마시던 키치와 레빈은 그들이 말하는 불행한 결혼 이야기를 듣다가 순간 멈칫거렸다. 키치는 레빈을 불행하게 만든 것이 자기라고 생각했기 때문이다. 자리에서 일어나는 키치를 따라 레빈도 일어섰다. 레빈은 돌아서는 키치를 쫓아나갔다. 그리고 예전에 자신이 청혼했을 때 거절한 뜻이 아직까지도 그대로인지 물었다. 영원히 자신과는 결혼을 할 수 없는 것인지 다시 한번 간절하게 물었다. 멈춰선 키치는 제발 그때의 일을 잊고 용서해주기를 부탁했다. 키치의 대답을 들은 레빈은 용기가 생겼다. 그리고 설레였다. 레빈은 키치의 어깨를 붙잡고 잊을 일도 용서할 일도 이제는 없다고 대답했다. 레빈이 변함없이 그녀를 사랑하고 있었기 때문이다. 이제 키치는 레빈의 변함없는 마음을 알게 되었다.

레빈은 다음날 아침 일찍 눈을 떴다. 세상의 모든 것이 생기가 넘쳐 보였다. 다른 사람들은 이제 서서히 눈을 뜰 시간이었다. 레빈에게는 시간이 흐르지 않는 것만 같았다. 두 시간 남짓을 초조하게 기다리다가 키치의 집으로 향했다. 키치에게 청혼을 하러 가는 것이었다. 키치의 집에서도 모든 것을 다 알고 있다는 표정으로 반갑게 맞아주었다. 키치의 어머니는 둘이 손을 잡고 방 안으로 들어오자 그 모습을 보고 울음을 터뜨렸다. 어디에서 용기가 솟았는지 레빈은 당장 내일이라도 결혼을 하고 싶다고 말했다. 키치와 레빈은 이제 더 이상 오해도 없고, 슬픔이나 절망도 없을 것이라고 믿었다.

8.

알렉세이 알렉산드로비치는 안나를 용서하라는 돌리의 말이 자꾸만 귓가에 맴돌았다. 호텔로 돌아온 그에게는 전보가 두 통 와 있었다. 하나는, 그 전부터 꼭 가기를 빌었던 자리에 다른 사람이 임명되었다는 소식이고, 또다른 하나는 안나에게서 온 것이었다. 첫번째 전보 내용이 좋은 소식이 아니었기 때문에 안나에게서 온 나머지 한 통도 기쁜 소식이 있을 것이라고 생각하지 않았다. 그런데 뜻밖에도 안나의 전보 내용은 자신이 곧 죽을 것만 같다고 모든 것을 용서해주고 제발 돌아와 달라는 내용이었다. 알렉세이 알렉산드로비치는 순간 이것이 안나의 진심이 아닐 것이라는 생각을 했다. 하지만 안나가 죽어가는 것이 사실이었을 때 자신이 그 자리에 없는 것은 너무 냉정한 일이라고 생각했다. 게다가 사람들의 입에 좋지 않게 오르내릴 것만 같았기 때문에 서둘러 기차를 타고 안나에게로 갔다. 안나의 건강이 좋지 않다는 소식을 듣고 그는 순간 걱정을 했지만 곧 그런 마음이 사라졌다. 다른 남자의 아이를 낳고 그렇게 된 것이었기 때문이다. 순간 알렉세이 알렉산드로비치는 차라리 그녀가 죽는 것이 낫다고 생각했다.

그녀를 진찰한 의사가 가망이 없다고 말을 하자 묘하게도 그는 작은 희망까지 느껴지는 듯했다. 옷걸이에 군복이 걸려 있는 것으로 보아 브론스키가 와 있다는 것을 알았다. 알렉세이 알렉산드로비치는 사경을 헤매는 안나의 방 앞에서 들어가지도 못하고 흐느껴 울고 있는 브론스키를 만났다. 브론스키는 안나의 남편을 보자 당황하며 울부짖었다. 안나가 죽어가고 있는데 자신이 여기서 지켜볼 수만 있게 해준다면 시키는 대로 무엇이든지 다하겠다고 했다. 그때 안나의 희미한 목소리가 새어나왔다. 둘은 놀라서 방 안으로 들어갔다.

안나는 그들이 들어와 있는 줄도 모를 정도로 정신이 희미했다. 그런 중에도 안나는 남편을 찾았다. 예전에는 남편이 얼마나 좋은 사람인 줄 몰랐다며, 그가 빨리 자신의 곁으로 돌아왔으면 좋겠다고 괴로워했다. 그러다가 안나는 남편을 발견하고 깜짝 놀랐다. 안나는 두려운 표정을 지으며 몸을 움츠렸다. 그리고 남편이 두려워서 그러는 것이 아니라고 했다. 단지 죽음이 두려울 뿐이라고 했다. 열이 오르면 다시 정신을 놓을 것 같았기 때문에 안나는 남편을 간절히 불렀다. 알렉세이 알렉산드로비치는 안나의 손을 잡아주었다. 하지만 아무런 말도 하지 못했다. 안나는 다시 혼자 알 수 없는 말을 떠들기 시작했다. 자신은 변한 것이 아무것도 없으며 자신의 몸속에 있는 또다른 여자가 자신을 괴롭히고 있는 것이라고 했다. 그 여자가 너무 무서우니까 손을 놓지 말라는 것이었다. 안나의 속에 있는 그 여자가 알렉세이 알렉산드로비치를 미워한 것이고, 그 여자가 브론스키를 사랑한 것이라고 말했다. 그리고 지금 말하는 사람이 진정한 자신이라고 말하며 용서를 빌었다. 안나의 말을 들은 알렉세이 알렉산드로비치는 더욱 혼란스러워졌다. 그동안 안나를 향한 미움과 증오가 아닌 새로운 희망이 생기는 듯했다. 그는 원수를 사랑하고 용서하는 마음으로 가득 차서 안나 앞에 무릎을 꿇고 흐느꼈다. 안나 역시 흐느껴 울고 있는 그를 끌어안으며 브론스키를 찾았다. 문 앞에 서 있던 브론스키가 가까이 오자 남편과 화해를 하고 돌아가라고 말했다. 성자와 같은 자신의 남편에게 감사하라고 화난 사람처럼 소리를 질렀다. 브론스키는 안나가 시키는 대로 손을 내밀어 알렉세이 알렉산드로비치와 화해를 했다. 하지만 안나는 밤새도록 고열에 시달리며 헛소리를 했다. 며칠을 그렇게 보낸 안나가 어느 날 소리 지르기를 멈추고 꿈쩍도 하지 않았다. 맥박도 느껴지지 않을 정도로 희미했다. 사람들은 모두 그녀가 죽을 것을 예감하고 임종을 준비했다. 하지만 그런 일은 일어나지 않았다. 안나는 믿어지지 않을 정도로 서서히 건강을 회복했다.

브론스키는 알렉세이 알렉산드로비치에게 용서를 빌었다. 그리고 그동안 괴롭고 두려웠던 마음을 진심으로 고백했다. 알렉세이 알렉산드로비치도 브론스키의 진심을 받아들였다. 그리고 자신 역시 이혼을 결심한 경솔한 남자였음을 시인했다. 알렉세이 알렉산드로비치는 안나의 죽음을 바랄 정도로 복수를 생각했지만, 안나의 얼굴을 보는 순간 모든 것을 용서하고 싶은 마음이 생겼던 것이다. 그리고 그 용서가 자신을 행복하게 만들어주었으며 앞으로 이런 행복을 다시 빼앗기지 않았으면 좋을 뿐이었다.

알렉세이 알렉산드로비치는 앞으로 브론스키가 자신을 진흙 속에 처넣어도, 세상의 웃음거리로 만들어도 이제는 그를 미워하지 않고, 아내도 버리지 않을 것이라고 다짐했다. 브론스키는 처음으로 알렉세이 알렉산드로비치가 숭고한 정신을 가졌다고 생각했다. 하지만 그를 이해할 수는 없었다. 브론스키는 휘청거리며 안나의 집을 빠져나왔다. 그는 지금 자신이 어디로 가고 있는지, 또 어디로 가야 할지 방향을 잃었다. 자신은 안나의 남편과 비교했을 때 존경받을 만한 구석이 하나도 없는데도 안나를 괴롭히기만 했다는 생각에 절망했다. 그러면 그럴수록 알렉세이 알렉산드로비치는 착하고 당당한 신사처럼 느껴졌다. 안나의 남편은 관대하고 선량한 사람이며, 자신은 비열하고 교활한 사람이었다. 간신히 집으로 돌아온 브론스키는 눈을 감고 안나를 생각했다. 희미한 목소리로 남편을 찾던 안나의 울음소리가 귀에서 맴돌았다. 브론스키는 치욕을 당한 듯 얼굴이 붉어졌다. 처참한 마음을 가라앉히며 자리에 누웠지만 잠이 오지 않았다. 오히려 정신이 더욱 맑아지며, 인생의 참다운 가치가 무엇인지를 생각했다. 견딜 수 없는 부끄러운 짓을 저질렀다면 차라리 죽는 것이 낫다고 생각했다. 브론스키는 다시 몸을 일으켜 서성거리다가 방문을 잠갔다. 그리고 서랍 속에서 권총을 꺼냈다. 이것이 자신에게 가장 알맞은 일이라고 생각했다. 결국 이렇게 되어야 맞는 일이라고 중얼거리며 방아쇠를 당겼다. 브론스키는 어렴풋이 누군가 계단을 쿵쾅거리며 오르내리는 소리를 들었다. 피가 마룻바닥에 흥건하게 고였지만 그는 뜻대로 죽지 못하고 다시 깨어나게 되었다.

알렉세이 알렉산드로비치는 브론스키의 자살미수 사건을 듣고는 더욱 그를 가엾게 여기고 용서를 했다. 자신의 부인인 안나 역시 불쌍하게 여기고 따뜻하게 대해 주었다. 아들 세료자는 물론이고, 그동안 무심했던 갓난아기에게도 가여움의 정을 느꼈다. 처음에는 아픈 안나 때문에 어쩔 수 없이 아기를 돌보았지만 점점 그 아기를 사랑하게 되었다. 하지만 시간이 흐르면 흐를수록 이런 생활은 오래 지속될 것 같지가 않았다. 무엇보다도 안나와의 관계가 서먹했다. 안나는 죽음 앞에서 남편을 대했던 부드러운 태도를 이제는 보이지 않았다. 오히려 남편을 무서워만 했다. 남편의 얼굴을 똑바로 쳐다보지도 못했고, 할 말이 있는 표정인데도 쉽게 입을 열지 않았다. 용서를 해서 마음 편한 입장이 되어야 하는 알렉세이 알렉산드로비치는 더 조급한 마음이 생기고 불안했다.

베트시 공작부인이 어느 날 안나를 찾아왔다. 이야기 도중 안나의 남편이 들어오자 당황해하며 황급히 돌아갔다. 안나의 얼굴도 붉게 달아올라 있었다. 안나는 다른 곳으로 떠나는 브론스키가 마지막 작별인사를 하고 싶다는 이야기를 전해 들었으며, 자신은 이것을 거절했다고 남편에게 솔직히 말했다. 그녀는 더 이상 비밀을 만들고 싶지 않았기 때문이다. 알렉세이 알렉산드로비치는 안나의 그런 선택을 만족스러워했고 그것은 당연한 선택이라고 생각했다. 안나는 이제 더 이상 브론스키를 만날 수가 없다고 생각하자 가슴이 저려왔다. 하지만 더 이상 남편에게 브론스키에 관한 이야기를 꺼내지 않을 것이었다.

그때 아기의 울음소리가 들렸다. 아기는 유모의 젖이 모자라서 자주 울었다. 알렉세이 알렉산드로비치는 울음소리에 인상을 찌푸렸다. 안나는 남편이 자신을 원망하는 것이라며 큰소리로 흐느꼈다. 그리고 그때 차라리 용서를 받지 못하고 죽어야 했다고 말했다. 알렉세이 알렉산드로비치는 안나의 예민한 반응을 걱정하며 방을 나왔다. 그리고 언제까지 이렇게 지내야 하는지 고민했다. 그는 안나가 무엇인가를 원하고 있다는 것을 분명히 알 수 있었다. 하지만 안나가 원하는 것이 무엇인지를 그는 알 수가 없었다.

그때 오블론스키가 찾아왔다. 알렉세이 알렉산드로비치는 쓸쓸한 웃음을 지으며 그에게 무엇이든지 안나가 원하는 대로 할 것이라고 말했다. 하지만 안나가 무엇을 원하는지 모르겠다며 걱정스러워했다. 오블론스키가 볼 때 안나는 지금 자신의 마음조차 모르는 상태인 듯했다. 게다가 자신의 죄를 용서한 남편의 마음에 무조건적으로 순종해야 한다는 강박관념에 사로잡혀 있는 듯했다. 오블론스키는 이제 알렉세이 알렉산드로비치가 결단을 내려야 할 때라고 생각했다. 그래서 알렉세이 알렉산드로비치에게 안나가 행복하길 원한다면 원래 마음먹은 대로 이혼을 하는 게 나을 듯하다는 말을 어렵게 꺼냈다. 하지만 이미 아내를 용서하고 다시 번복해서 이혼을 하는 일은 알렉세이 알렉산드로비치에게 쉽지 않은 일이었다. 게다가 사랑하는 아들 세료자와 갓난 아기를 어찌해야 할지도 잘 몰랐다. 더욱 중요한 것은 자신이 이혼을 해주면 안나는 더 깊은 파멸의 인생이 될 듯했다. 알렉세이 알렉산드로비치는 머리를 감싸며 괴로워했다. 물론 안나는 이혼을 당하면서도 아무것도 바라지 않을 것이다. 그는 그런 자신이 부끄럽기까지 했다.

오블론스키는 알렉세이 알렉산드로비치를 설득하고 돌아오며 퍽 감동스러워하고 있었다. 이런 복잡한 문제를 자신의 힘으로 해결했다는 것이 스스로 대견스러웠기 때문이다. 그리고 이런 소식을 브론스키에게 알렸다. 안나와 작별인사도 할 수 없다는 사실에 침울했던 그는 한걸음에 안나에게 달려갔다. 다른 사람의 시선도 상관없이 안나의 방으로 뛰어올라가 그녀를 끌어안았다. 브론스키의 뜨거운 마음이 그대로 전해졌기 때문에 안나는 아무 말도 할 수가 없었다. 이제 두 사람은 더이상 떨어져 지낼 수가 없다는 것을 알게 되었다. 브론스키는 안나에게 이탈리아로 떠나자고 제안했다. 안나는 브론스키와 가정을 이루는 일이 정말 가능할지 망설여졌다. 하지만 브론스키를 믿기로 하고 남편이 이혼을 해주기도 전에 안나는 브론스키를 따라 갓난아기를 데리고 여행을 떠났다.

그래서 알렉세이 알렉산드로비치는 아들 세료자와 단둘이 남겨졌다. 그는 전과 다름없는 생활을 이어나갔다. 다른 사람에게 아무렇지도 않게 보여야 했기 때문이다. 하지만 그는 자신의 괴로움을 들어줄 누군가가 필요했다. 그런데 그의 곁에는 아무도 없었다. 어릴 적부터 고아나 다름없는 그는 숙부의 도움으로 우수하게 학교를 졸업하고 정부의 고위 관리가 되었다. 그리고 오로지 정치적 야망에만 정신을 쏟느라 그 누구와도 마음을 터놓고 지낼 수가 없었다. 그에게 힘이 되어 줄 만한 사람은 모두 함께 근무하는 동료들뿐이었다. 그들에게 자신의 괴롭고 복잡한 이야기를 해보았자 비웃음거리만 될 것이 뻔했기 때문에 아예 시작할 수도 없었다.

어느 날 사교계에서는 그래도 친하게 지내는 백작부인이 그의 집을 방문했다. 수심 가득한 알렉세이 알렉산드로비치의 얼굴을 보고 그녀는 위로를 해주었다. 그리고 진심으로 슬픈 얼굴로 세료자를 잘 돌보아주었다. 알렉세이 알렉산드로비치는 그녀에게 너무 고마워서 자신의 속마음을 털어놓게 되었다.

"저는 이제 모든 의지가 꺾인 힘없는 사람입니다. 더 이상 저를 지탱해줄 것이 아무것도 없기 때문에 살아갈 힘이 없습니다."

백작부인은 하느님이 이미 알아서 도와주고 있으니 그 사랑을 잊어서는 안 된다고 격려했다. 하지만 알렉세이 알렉산드로비치는 한계에 도달해 있었기 때문에 그녀의 말이 위로가 되지 않았다. 그는 안나 대신 해야 하는 이런저런 하찮은 일 때문에 지쳤던 것이다. 게다가 자신만을 바라보는 그의 아들 세료자와 눈도 마주칠 수가 없었다. 백작부인은 집안에서 여자가 해야 할 사소한 일들을 가끔 와서 해결해주기로 했다. 세료자와 많은 대화도 나누었다. 아버지가 매우 훌륭한 사람이며, 어머니는 병으로 돌아가신 것이라고 이해할 수 있도록 잘 말해주었다. 백작부인의 노력으로 알렉세이 알렉산드로비치의 집은 점점 평온해졌다. 백작부인 덕분에 그는 다시 하느님의 사랑도 믿게 되었다.

9.

레빈과 키치는 드디어 결혼을 하게 되었다. 많은 사람이 그들을 축복해주려고 참석했다. 아름답게 꾸며진 성당에서 그들은 성스러운 맹세를 하게 되었다. 레빈은 너무 행복해서 이 모든 것이 꿈이 아니길 빌었다. 키치의 얼굴에 가득한 행복과 기쁨을 보고 그녀가 더욱 사랑스러워졌다. 레빈은 조심스럽게 그녀의 입술에 입을 맞추었다. 그제서야 레빈은 모든 것이 꿈이 아니라는 것을 실감했다. 화려하고 즐거운 만찬을 끝내고 신혼부부는 시골로 함께 내려갔다. 하지만 결혼생활이 자신이 꿈꾸던 생활과는 많이 다르다는 것을 레빈은 깨달았다. 결혼에 대한 환상이 하나씩 깨어질 때마다 키치와 입씨름을 벌여야 했다. 그동안 레빈은 작은 걱정거리들과 질투와 입씨름을 하는 다른 가정들을 보며 비웃었는데 이제는 그가 자신도 모르게 그 일을 반복하고 있었다.

부부 사이에는 사랑과 존경으로만 가득 차도 모자를 것이라고 생각했는데 그런 환상이 결혼 초부터 산산조각 났다. 그들의 첫번째 부부싸움은 농부의 집으로 가다가 길을 잃은 것 때문이었다. 정말 사소한 일이었다. 키치에 대한 사랑으로 금방 아무렇지도 않게 된 레빈과는 달리 키치의 표정은 싸늘했다. 키치는 그 일 때문에 한참 동안이나 모욕적인 말을 퍼부어댔다. 레빈은 어이가 없고 화가 났으나 키치와 같이 그녀를 모욕하는 일은 하지 않았다. 하지만 레빈은 사랑하는 키치와 이렇게까지 싸울 수 있다는 충격에서 한참 동안 벗어날 수가 없었다. 그들의 결혼생활은 이렇게 남들처럼 특별하지 않게 시작되었다.

결혼하기 전, 그들에게 일어났던 여러 가지 복잡한 문제는 이제 기억도 나지 않았다. 뛸 듯이 행복하다가도 다시 불행하고, 불행하다가도 다시 사랑해야 하는 일들의 반복으로 매우 바빠졌기 때문이다.

10.

이탈리아를 여행하던 안나는 아들 세료자 걱정으로 더 이상 참을 수가 없었다. 그래서 서둘러 페테스부르크로 돌아와 호텔에 머물렀다. 안나는 다시 아들을 만날 수 있다는 기쁨에 들뜬 마음을 애써 안정시켰다. 어떻게 아들을 만날 것인지도 걱정하지 않았다. 자신이 아들을 만나는 것은 당연하고 자연스러운 일이라고 생각했기 때문이다. 하지만 페테스부르크에 돌아와서 느낀 사교계의 분위기는 냉정했다. 브론스키와의 관계가 온통 퍼져 있었기 때문에 아들을 만나기도 쉽지 않다는 것을 알았다.

얼마 후 알렉세이 알렉산드로비치와 친하게 지내며 일을 돌봐준다는 백작부인 소식을 듣고 아들을 만날 수 있게 해달라고 편지를 보냈다. 하지만 아들에게 이미 어머니는 죽었다고 이야기한 백작부인은 정중하게 거절했다. 화가 난 안나는 편지를 받은 다음날 직접 알렉세이 알렉산드로비치의 집으로 아들을 찾아갔다. 새로운 문지기는 안나를 못 알아보기까지 했다. 안나는 잠에서 막 깨어난 아들 세료자를 힘껏 껴안았다. 세료자는 졸린 표정이었지만 안나를 알아보고 웃었다. 백작부인이 어머니가 죽었다고 말했지만 자신은 믿지 않았다고 기쁘게 말했다. 이렇게 자신을 찾아올 줄 알았다고 좋아하는 아들을 어루만지며 안나는 하염없이 눈물만 흘렸다. 자신이 떠나 있는 동안 훌쩍 커버린 아들이 대견스럽기도 했다. 그때 유모가 뛰어들어와 주인이 오실 시간이 되었다고 성급히 알렸다. 세료자는 아버지가 자신의 방문은 잘 열지 않는다며 안나를 못 가게 붙잡았다. 안나는 세료자를 다독이며 아버지는 엄마보다 더 훌륭한 사람이며, 그런 아버지를 꼭 사랑해야 된다고 말했다. 그리고 어른이 되면 다 이해할 수 있을 것이라면서 슬픔을 삼키며 아들에게 웃어 보였다.

울음을 터뜨리는 아들을 뒤로하고 안나는 서둘러 집을 빠져나왔다. 쓸쓸하게 호텔방으로 돌아온 안나는 자신이 왜 이런 운명이 되어 있어야 하는지 이해할 수 없었다. 예쁘게 차려 입힌 자신의 아기를 보고도 깊은 사랑을 못 느꼈다. 세료자의 어릴 때 사진만을 꺼내들어 눈물을 흘릴 뿐이었다. 안나는 문득 브론스키가 어디에 있는지 궁금했다. 괴로운 자신을 이렇게 혼자 내버려두고 도대체 어디를 간 것인지 찾고 싶었다. 안나는 사람을 보내 브론스키에게 빨리 돌아와 달라고 편지를 보냈다.

브론스키도 오랜만에 어머니가 있는 집을 방문했다. 모두 평온하게 그를 맞아주었지만 아무도 안나의 이야기를 묻지는 않았다. 다음날 그의 형이 조심스럽게 안나와의 관계를 물었다. 브론스키는 곧 안나와 정식으로 결혼할 것이라고 말했다. 하지만 브론스키의 가족들은 축복을 해줄 것 같지 않았다. 브론스키는 처음부터 어머니에게는 기대도

하지 않았다. 그의 어머니는 처음에 기차에서 안나를 만났을 때는 매우 좋아했지만, 안나가 아들의 출세에 방해가 된다고 생각한 뒤부터는 그 마음이 차갑게 식어가고 있었다. 브론스키는 그의 형수라면 자신과 안나를 이해할 수 있을 것이라고 생각해서 축복을 부탁했다. 하지만 형수 역시 안나를 받아들일 수 없었다. 그의 형수는 브론스키를 위한 일이라면 무엇이든지 하겠지만 안나를 이해할 수는 없다고 했다. 브론스키는 마지막으로 형수에게 그녀가 만나는 몇백 명의 부인들보다 안나가 훨씬 더 나은 여자라고 말했다. 브론스키는 더 이상 가족들의 축복을 기대하지 않았기 때문이다. 브론스키는 페테스부르크에서 살아가려면 많은 사람과 모르는 관계처럼 살아야 편하게 되었다는 것도 알게 되었다.

브론스키는 안나의 편지를 받고 요즘 들어 부쩍 짜증이 많아지고 자신의 말을 듣지 않는 안나가 걱정스러웠지만 볼 일 때문에 나가버렸다. 얼마 뒤 브론스키가 안나에게 들렀을 때 그녀는 오페라를 보러 나가고 없었다. 분명 자신의 충고는 듣지 않고 화려한 옷차림으로 외출했다는 것을 금방 알 수 있었다. 그녀가 사람이 많은 극장에서 시선을 받으며 앉아 있다는 것도 짐작할 수 있었다. 브론스키가 지켜보는 안나는 서서히 변해가고 있었다. 그녀는 몰라보게 화려해졌고, 오만해졌다. 1막이 끝난 극장 안으로 들어간 브론스키는 누가 보아도 화려한 안나를 한눈에 찾을 수 있었다. 안나의 옆에 앉았던 공작부부가 불쾌해하며 일어나는 것도 보였다. 안나에게 무슨 일이 일어나고 있는지 알 수 있을 듯했다.

안나는 오페라를 좋아하지 않는 브론스키가 자신을 찾아와 준 것을 보고 비아냥거렸다. 브론스키도 비슷하게 대꾸하자 안나는 벌떡 일어나 호텔로 돌아와 버렸다. 그녀는 뒤따라 나온 브론스키에게 마구 화를 냈다. 이 모든 것이 브론스키 때문이라고 소리를 질렀다. 그것으로 멈추지 않고 안나는 자신의 곁에 앉기를 불쾌해하는 공작부부를 욕하며, 태어나서 그런 모욕은 처음이라고 말했다. 브론스키는 안나의 그런 모습이 매우 가여웠지만 자신의 말을 듣지 않는 안나의 행동을 꾸짖었다. 그러나 브론스키는 저녁 내내 안나에게 사랑을 맹세하는 것으로 그녀의 기분을 달래주어야만 했다. 그리고 더 이상 페테스부르크에 있는 것은 두 사람 모두에게 좋지 않을 듯해서 브론스키의 영지가 있는 시골로 떠났다.

돌리는 지금 살고 있는 곳에서 그리 멀지 않은 곳으로 안나가 왔다는 소리를 들었다. 돌리는 레빈에게 마차를 빌려 안나를 보러 달려갔다. 멀리서 자신을 발견하고 달려오는 안나는 자신의 걱정과는 달리 아주 평온하고 아름다워 보였다. 안나와 돌리는 서로 손을 맞잡고 반가움을 표현했다. 안나는 자신의 처지에서 어떻게 행복하고 만족스럽게 살 수 있는지 남들이 비웃을지 모르겠지만, 자신은 이제 창피하지 않다고 말했다. 물론 안나가 처음부터 이렇게 행복한 얼굴로 살았던 것은 아니다. 처음에 시골로 돌아왔을 때는 이렇게 된 자신이 한심해서 고통스럽고 견딜 수가 없었지만 이제는 그렇지 않은 것이다.

브론스키도 반갑게 돌리를 맞이했다. 브론스키의 저택은 매우 훌륭했다. 그는 돌리가 머무를 방을 안내하며 누추하다고 말했지만 그 방은 그 어느 집 객실 못지않게 넓고 화려했다. 브론스키는 돌리와 함께 안나를 위해 짓고 있는 농부들의 병원을 구경하러 나갔다. 브론스키는 돌리에게 부탁이 있었다. 그녀라면 안나의 마음을 설득할 수 있을 듯했다. 브론스키는 안나가 자신의 아이를 낳고 난 다음 죽을 고비를 넘기고 두 번 다시 아이를 낳고 싶지 않은 듯하다고 생각했다. 그리고 안나가 빨리 알렉세이 알렉산드로비치와 이혼하고 그의 딸로 되어 있는 갓난아기의 호적을 가져오고 싶어했다. 사실 브론스키도 이런 이야기를 안나와 직접 나누어보지 않은 것은 아니었다. 그때마다 안나는 매우 초조해하며 스스로 불행하게 생각했다. 그래서 이제는 더 이상 자신의 입으로 말할 수 없었다.

돌리도 왜 안나가 그런 문제들을 미루고 있는지 잘 몰랐다. 돌리는 잠들기 전 안나와 이야기를 나누다가 먼저 말을 꺼냈다. 안나의 입장을 좀더 떳떳하게 만드는 일을 왜 하지 않느냐고 물었다. 안나는 돌리가 무슨 이야기를 하려는지 금방 알 수 있었다. 돌리는 브론스키가 가장 원하는 일은 안나가 더 이상 고민하지 않는 것이고, 안나의 아이들에게 떳떳한 호적을 주고 싶어한다는 이야기를 했다. 그 말을 듣고 안나는 앞으로 자신은 의사의 말대로 아이를 낳지 못하기 때문에 그런 걱정은 안 해도 된다고 대답했다. 돌리는 놀랐지만 끊임없이 안나를 설득했다. 하지만 안나는 알렉세이 알렉산드로비치에게 그 어떤 소리도 듣고 싶지가 않았다. 그에게는 자신이 입이 열 개라도 할 말이 없는 존재라고 생각했던 것이다. 부끄러움을 무릅쓰고 이혼을 요구하는 편지를 보낸다고 해도 모욕스러운 답장을 받거나, 구차한 질책을 들으며 승낙을 받는 것이 끔찍했다. 안나는 그녀에게 일어날 수 있는 모든 상황을 피하고 싶었던 것이다. 그리고 이혼을 했다고 쳐도 아들 세료자가 그와 함께 있는 한 자신은 행복할 수 없다고 말했다. 안나는 아들 세료자가 자신을 버린 어머니 때문에 평생 미움을 안고 살아가게 할수가 없었던 것이다. 돌리는 안나의 마음이 이미 확고한 것임을 알고 다음날 집으로 돌아왔다.

브론스키 역시 안나의 이혼 문제를 쉽게 해결하지 못한 채 그곳에서 한해를 보냈다. 처음에는 두 사람이 이곳에서 영원히 살자고 약속하고 왔지만 서서히 둘의 생각은 변하기 시작했다. 하지만 겉보기에 그들은 매우 부러울 것이 없는 생활이었다. 형편이 매우 넉넉했고, 건강했으며, 아기도 있었고, 항상 집중할 수 있는 일거리가 있었다. 안나는 찾아오는 사람이 없어도 정성껏 화장을 했고, 독서도 열심히 했다. 소설을 읽기도 했고, 병원에 관한 전문서적을 읽기도 했다. 가끔 농삿일에 관련된 지식을 묻느라고 브론스키를 귀찮게 할 때도 있을 정도였다.

브론스키는 오래전부터 선거에 관심이 많았다. 마을에서 귀족들의 회장을 뽑는 선거가 있었는데 거기에 출마를 할 예정이었다. 그러려면 오랫동안 집을 비우고 여행을 가야만 했다. 안나는 자신을 혼자 버려두고 여행을 떠나는 브론스키의 행동이 마음에 들지 않았다. 그래서 여행을 떠나기 전날 밤 둘은 심하게 다투었다. 이번에 브론스키는 안나의 기분을 풀어주지 않았다. 화해를 하지 않은 채 다음날 브론스키는 여행을 떠나버렸다. 안나는 자신을 바라보는 브론스키의 눈빛에서 이제 더 이상 사랑을 느낄 수가 없다고 생각했다. 그러자 착잡한 마음이 들었다. 자신으로부터 떠나기만 하려는 브론스키를 어떤 방법으로든지 붙잡아야 한다고 생각했다.

브론스키가 여행을 끝내고 돌아오기로 한 날, 그는 돌아오지 않았다. 마침 아기가 매우 아팠기 때문에 안나는 밤새도록 아기를 간호해야 했다. 심각한 상황은 아니었지만 그래서 더욱 우울했다. 아기의 상태가 위급했다면 아마 그녀는 브론스키를 불러들일 구실이 생겼을 것이다. 아기보다도 브론스키가 돌아오지 않았다는 사실이 그녀는 더 슬펐다. 안나는 그래도 브론스키에게 아기 핑계를 대며 전보를 쳤다. 아기가 많이 아픈 줄 알고 급하게 달려온 브론스키는 안나의 옷차림을 보고 얼굴을 찌푸렸다. 아픈 아기를 걱정하는 엄마의 옷차림이 아니었기 때문이다. 안나가 자신을 맞이하기 위해 새로 갈아입은 옷이라는 사실을 알고는 더욱 차가운 표정이 되었다. 그리고 그는 다시 모스크바로 가겠다고 말했다. 안나도 그의 말을 듣고는 얼굴이 굳어져서 이런 구석진 곳에 혼자 버려지기 싫다며 브론스키를 따라가겠다고 했다. 데려가주든지 헤어지든지 하나를 선택하라고 소리를 질렀다. 브론스키는 언제나 자신은 안나를 데려갈 준비가 되어 있지만 그걸 거부하는 것은 안나 자신이라고 반박했다. 그 소리는 바로 다시 한번 알렉세이 알렉산드로비치와의 이혼을 바라는 말이었다.

안나는 그 자리에서 알렉세이 알렉산드로비치에게 이혼을 요구하는 편지를 썼다. 그의 답장을 기다리며 브론스키와 함께 모스크바로 떠났다. 하지만 그들이 모스크바에서 한참을 지내는 동안 알렉세이 알렉산드로비치의 답장은 쉽게 오지 않았다. 안나가 이혼도 하지 않은 상태에서 아들을 버리고 집을 나간 것은 이혼을 포기하는 일이라고 생각했기 때문이다. 안나의 모스크바 생활은 괴로운 날의 연속이었다. 브론스키는 오랜만에 친구들을 만난다는 핑계로 매일 늦었고, 틈틈이 노름을 즐겼다. 안나는 혼자 있는 날이 부쩍 많아졌다. 오블론스키마저도 더 이상 알렉세이 알렉산드로비치를 설득할 수 없다고 말했다. 안나는 이제 그 무엇도 변화시킬 수 없는 자신의 처지에 환멸을 느꼈다. 모스크바의 먼지투성이 날씨도 참을 수가 없었다. 그들은 좀더 환경이 좋은 곳으로 이사를 계획했지만, 요즘 들어 한 번도 의견이 맞지 않았기 때문에 쉽게 이사를 갈 수도 없었다. 안나는 자신을 사랑하는 브론스키의 마음이 점점 식어가고 있어서 이런 일이 생기는 것이라고 생각했다. 브론스키 역시 안나 때문에 모든 것을 포기하고 이런 힘든 생활을 하고 있는데 그녀는 자신을 더욱 괴롭히기만 한다며 불평했다.

그러던 어느 날 브론스키는 친구들의 모임에 갔다가 기분 좋게 돌아왔다. 안나도 그를 부드럽게 맞이해주었다. 그리고 안나는 알렉세이 알렉산드로비치의 이혼을 기다리는 일은 그만하고 시골로 돌아가려고 짐까지 싸놓았다고 말했다. 브론스키도 크게 반대하지 않았다. 하지만 안나는 이틀이나 사흘 안에 당장 가자고 했다. 그것이 문제였다. 브론스키는 어머니를 만나 돈을 좀 받아가야 했고, 사람들을 좀더 만나야 했기 때문에 그렇게 급하게 시골로 갈 수가 없었다. 브론스키의 말을 듣고 안나는 표정이 싸늘하게 변했다. 시골로 내려가서 행복하게 사는 일은 영영 포기하는 것이 낫다고 비아냥거렸다. 사랑이 식은 자신들의 관계가 지속될 이유가 없다고 소리쳤다. 브론스키도 화가 나서 참을 수가 없었다. 안나가 자신의 말에는 왜 화부터 내게 되었는지 이해할 수가 없었다. 안나는 자신이 상상할 수 있는 모든 끔찍한 말을 전부했다. 도대체 무얼 원하는 것이냐는 브론스키의 말에 자신을 버리지나 말라고 했다. 안나가 볼 때 브론스키는 이미 자신을 버리기로 마음먹은 것처럼 보였기 때문이다. 자신이 원하는 것은 그의 사랑뿐인데 이제 모두 끝장이 난 것 같다고 힘없이 말했다. 브론스키는 안나를 아직도 변함없이 사랑하고 있다고 여러 번 말했지만 그녀는 믿지 않았다.

오히려 브론스키를 비난했다. 모든 것을 다 버렸다는 핑계로 언제나 자신을 교묘하게 비난했고, 그럴 때마다 끔찍했다고 말했다. 브론스키는 더 이상 참을 수가 없었다. 금방 후회를 하며 안나가 그의 손을 잡았지만 그는 매정하게 뿌리치고 나가버렸다.

안나는 혼자 남겨진 빈 방에서 혼란에 빠졌다. 자신을 뒤로하고 떠나가는 브론스키의 뒷모습이 자꾸 떠올랐다. 브론스키가 틀림없이 다른 여자를 사랑하게 된 것이라고 생각했다.

안나는 이 모든 상황을 끝내고 싶었다. 아기를 낳고 죽을 고비를 넘길 때를 생각했다. 그때 왜 자신이 죽지 않고 다시 살게 된 것인지 후회가 들었다. 자신이 겪은 끔찍한 부끄러운 일들이 한꺼번에 머릿속에 가득 떠올랐다. 안나는 차라리 죽는 게 낫다고 생각했다.

평소에 잠이 오지 않을 때 가끔 먹던 수면제를 찾아 한입에 넣어 삼켰다. 그리고 비틀거리며 기차역으로 향했다. 안나는 아주 오래전에 누군가 달리는 기차에 뛰어들어 죽었다는 이야기를 들은 적이 있었기 때문이다. 안나는 달려오는 기차 앞에서 눈물을 흘리며 하느님에게 죄를 빌었다. 그 순간 안나는 어딘가에서 밝은 빛으로 타오르는 초를 본 듯했다. 하지만 그 촛불은 안나와 함께 파지직파지직 소리를 내며 꺼지고 말았다. 희미한 촛불로 잠시 밝아졌던 주위가 커다란 기차 경적과 함께 다시 어둠 속으로 서서히 묻혀가고 있었다.

논술 내비게이션

1.

『안나 카레니나』의 탄생

톨스토이는 1872년 1월, 이웃에 사는 비비코프에게 생긴 사건이 계기가 되어 『안나 카레니나』의 집필을 시작한다. 비비코프의 아내가 미모의 가정교사와 남편의 사이를 질투해 달리는 기차에 뛰어들어 자살을 했기 때문이다. 사랑이라는 인간의 감정 때문에 삶이 순식간에 파국으로 치닫는 것을 가까이에서 그는 몸소 경험한 것이다.

1873년에 집필을 시작한 이 작품은 1875년에 「러시아 통보」에 발표하기 시작해서 1877년에 완성되었다.

이 작품은 1861년 개혁 이후의 러시아를 무대로 사회적, 경제적 그 밖의 개혁의 결과로 나타나는 여러 가지 현상이 잘 드러난다. 그 당시 러시아는 많은 문제에 직면했고, 새로운 조건들에 적응해 나가야 할 시기였다. 갈수록 커져만 가는 자본주의의 압박은 이전의 농노 소유주들을 파멸로 몰고 갔다. 그들은 부패한 관료들, 그리고 러시아 전역에 우후죽순으로 솟아난 한떼의 고리대금업자들에게서 도움을 받아야 했다. 그들의 도덕적 방황은 1860년대에 이르러 정점에 도달했다. 기존의 가부장적 삶은 마을 공동체와 함께 빠른 속도로 자리잡아가는 자본주의에 의해 해체되기 시작했다. 1860년대 초 '대개혁'의 시대가 몰고 온 낙관적인 분위기는 이제 지나가고, 불안정한 시대에 흔히 나타나는 일종의 절망감으로 대체되었다. 염세주의와 전반적인 불안감이 이 작품에 고스란히 자리잡고 있다.

2.
톨스토이의 삶이 반영된 레빈의 농촌생활

이 작품에서는 특히 톨스토이의 사상과 생활을 잘 엿볼 수가 있다. 여러 가지 상황과 등장인물이 그의 삶과 무관하지 않게 설정되었기 때문이다.

청년시절 톨스토이는 대학을 그만두고 지주가 되어 농촌생활에 뛰어든다. 이때 톨스토이는 농민들의 생활과 농업기술을 새롭게 개선해보려고 많은 시도를 했는데 의욕이 너무 앞서다 보니 실패를 맛보게 된다. 이 시절의 톨스토이가 바로 이 작품 속, 레빈의 모습이다. 레빈 역시 도시생활에 회의를 느끼고 시골로 내려가 새로운 농업기술을 시도해보지만 자신의 뜻을 쉽게 이루지 못한다.

이 작품은 도시와 농촌이라는 두 배경의 색다른 대비나 인물과 사건 전개의 평행성에 기초하고 있다고 볼 수 있다. 이야기는 모스크바에서 페테스부르크로, 또 그곳에서 다시 레빈의 영지로 옮겨가고, 역으로 진행되기도 하는데 여기서 일반적인 두 무대가 뚜렷한 차이를 보이며 묘사되어 있다. 도시나 문명세계로부터 오는 것은 모두 진실되지 않고, 인위적이면서 위협적이라고 믿는 반면, 토지나 농민, 가부장적 전통과 관계되는 모든 것은 올바르며 건강하고 순수한 것으로 본다.

키치를 사랑하는 레빈은 브론스키가 안나를 알게 되어 키치를 배신하자 그녀에게 구혼한다. 아름답고 풍성한 전원 한가운데 위치한 레빈의 집은 행복한 결혼생활의 증인이 된다. 키치와 레빈의 합법적인 사랑과 브론스키와 안나의 비합법적인 사랑을 두고 많은 평론가는 두 개의 소설을 합쳐놓은 듯하다고 말한다. 이것은 톨스토이가 자주 사용하는 평행적 전개방식인데 단지 이번에는 좀더 넓은 지평 위에 세워졌을 뿐이다. 또한 줄거리의 구상이 매우 다양하고 유연하게 이어져 모든 이야기가 서로 자연스러운 필연성 속에서 펼쳐진다.

이 대비는 톨스토이에 의해 두 영역에 대한 완전한 지식을 근거로 이루어지고 있다. 그가 공감을 하는 것은 당연히 레빈 쪽이다. 아름다운 환경에서 레빈이 누리는 활동적인 삶은 그의 내부의 불안과 정신적인 동요가 시작되기 전까지는 이상적으로 평가된다. 하지만 레빈도 톨스토이처럼 그 의미를 인식하지 못하고 삶을 받아들일 수 없게 된다. 그는 우선 키치와 행복하게 살면서 자신의 모든 행동을 개인적인 발전에 집중시킨다. "자신의 관심에 맞지 않는 행동은 어떠한 것도 건강할 수 없다"고 말한 레빈의 말에서 잘 알 수 있다.

하지만 모든 것의 더 깊은 의미에 대한 의문이 제기되자 그의 내적인 삶은 황폐해지기 시작한다. 이러한 황폐는 정도가 심해지면서 자살을 할 생각에 이르게 된다. 여기서도 제대로 된 치유의 수단으로 입증되는 것은 민중의 무의식적이고 집단적인 지혜였다. 그래서 레빈은 톨스토이의 다른 작품들처럼 어느 평범한 농부에 의해 다시 정상적인 길을 걷는다.

이 작품에서 우리의 관심은 레빈의 내적인 추구와 영혼의 고통이 커져가고 있다는 데 있다. 그 시점의 톨스토이의 삶이 작품 전체의 성격을 드러내기 때문이다. 또한 톨스토이가 그다지 행복하지 않은 결혼생활을 하다가 타지에서 죽음을 맞게 되는 것도 레빈의 결혼생활에 비유된다. 레빈 역시 그가 사랑하는 키치와 힘겹게 결혼하지만 잦은 다툼으로 불행한 결혼생활을 하게 된다. 하지만 레빈은 서로 존경하고 사랑하는 부부관계를 계속 유지하려고 노력한다.

3.
러시아의 자유부인 '안나'

이 작품은 그 중심에 안나가 있고, 그녀의 부정한 사랑과 관련이 있는 세 가족의 이야기이다. 여주인공 안나는 사교적인 고급 창부형에서부터 매혹적인 미녀에 이르기까지 몇 가지 모습으로 변형되어 나타난다. 반면 그녀의 남편 알렉세이 알렉산드로비치는 메마른 고위 관료의 모습으로 그려져 있다. 수년 동안 안나는 남편에게 충실해왔지만 그것은 정열이 아니라 사랑이 없는 충실함이었다.

안나의 비극은 멋진 청년 귀족 브론스키와 사랑에 빠져 갑작스럽게 진정한 열정을 발견하게 되면서부터 시작된다. 솔직한 성격의 그녀는 자신의 모든 신뢰와 인생 전체를 이 때늦은 사랑에 걸면서 남편과 사회에 이를 숨길 생각을 하지 않는다. 솔직하고 대담한 이들의 사랑은 결혼생활의 파경을 부른다. 톨스토이는 이 작품에서 안나를 모욕하며 결국 죽음으로 몰고 간 부패한 사회 구성원들은 복수를 행할 아무런 권리가 없다고 말한다. 인습적 의미에서 그녀에게 죄가 있을지 몰라도 그것은 더 높은 의미에서 무죄라는 것이다. 왜냐하면 브론스키에 대한 사랑은 그녀가 지니고 있던 것 가운데 최선의 표현이었기 때문이다. 그녀가 남편이나 사회의 인습이 요구한 것처럼 위선적이었다면 모든 것이 잘되어 갔을 것이다. 그러나 그녀가 바로 이 인습적인 위선자 역을 거부했기 때문에 사회는 그녀를 혹독하게 심판했다. 결국 그녀의 죽음은 사회가 그렇게 몰고 간 것이다.

이 작품은 일반적인 삼각관계에 관한 이야기와는 큰 차이를 보인다. 진실하지 못한 사회와 주인공의 무의식적인 자기 징벌의 충동으로 희생된 진정한 격정에 관한 소설이다. 안나는 남편을 사랑하지 않았는데도 아들 세료자를 낳아 진정으로 사랑했다. 하지만 안나는 그것에 대해 죄의식을 가지고 있었기 때문에 언젠가는 죄를 받아야 한다는 것을 알고 있었다. 안나의 격정과 세료자에 대한 모성애 사이의 끊임없는 갈등은 그녀의 심리 상태를 어쩔 수 없이 계속해서 복잡하게 만든다. 자신의 전부인 브론스키를 잃을지도 모른다는 것에 대한 신경과민과 불안은 점차 히스테리적인 편집증으로 발전한다. 비합법적인 위치 때문에 그녀는 자신을 도덕적으로 파괴해가고 심지어는 모든 도덕적인 잣대를 잃어버릴 위험에 처한다. 불행을 예고하는 악몽에 시달리고, 결국 그녀를 모욕하는 사람들과 스스로 느끼는 죄책감 때문에 절망의 상태에 빠져 달리는 기차에 몸을 던지게 된다.

내가 복수하리라. 내가 그것을 보복하리라.

■■　　이 작품의 부제로 되어 있는 성경의 구절이다. 신의 이름을 빌어서 톨스토이가 안나와 브론스키의 사랑에 대해 가한 제재라고 볼 수 있다. 하지만 무조건 안나의 죄를 묻는 것만은 아니다. 안나가 처한 사회와, 그녀를 죽음으로 몰고 간 그 위험한 사랑 자체를 경고한 것이다.

사람들의 행복한 가정의 모습은 모두 비슷비슷하다. 하지만 불행한 가정의 모습은 모두 제각각의 불행한 이유를 안고 있다.

■■■ 이 작품 속에서 가장 유명하고, 널리 알려진 문구이다. 소설 첫부분에 나와 있는 문장으로써 러시아 귀족들의 행복한 겉모습과는 달리 속속들이 알고 보면, 모두 제각각의 불행한 모습이 숨어 있다는 것을 말해준다. 평범한 귀족인 안나의 가정도 행복해 보이는 생활에서 서서히 불행의 그림자가 드리워지게 된다는 상징적인 의미가 들어 있다. 또한 이유나 의미도 없이 행복했던 알렉세이 알렉산드로비치와의 결혼생활보다, 모든 것을 잃고, 손가락질 받는 불행한 모습이지만 뜨거운 브론스키와의 사랑이 안나에게 더 소중하다는 점에서는 충분한 이유가 있다는 것을 말해주는 듯하다.

뛰어난 말은 낙인을 보면 그 유명세를 알 수 있고, 사랑에 빠진 사람은 그의 눈빛을 보고 알 수 있다.

■■■ 오블론스키가 사랑에 빠진 레빈을 보며 하는 말이다. 사랑에 빠지면 결코 숨길 수가 없다는 뜻으로 많은 사람들에게 회자되는 말이다. 브론스키보다 보잘 것 없고 초라하다는 생각에 키치에게 사랑 고백을 망설이는 레빈이지만 어쩔 수 없이 그 눈빛은 진실한 사랑을 담고 있었던 것이다.

세상의 욕망을 극복한다는 것은/ 하늘처럼 지고지순한 일이지./ 하지만 그것을 극복하지 못하게 되더라도/ 나는 더없는 행복을 맛보리라.

■■   오블론스키가 키치에 대한 마음을 고백하지 못한 채 망설이기만 하는 레빈에게 읊어주는 시다. 레빈의 긴장한 마음을 풀어주기 위해 가볍게 외워주는 것이지만 복잡한 일이 아무리 많이 생겨도 걱정 없이 살고자 하는 오블론스키의 낙천적인 성격이 잘 나타나 있다.

키치의 소녀시절. 그녀의 죽은 오빠와 레빈의 우정은 키치에게도 추억이었다. 그녀와 레빈의 관계는 특별하고도 시적인 아름다움이 있었다. 키치는 레빈이 자기를 사랑한다는 것을 진심으로 믿었다. 레빈의 사랑은 그녀를 기쁘고 행복하게 만드는 것이었다. 그래서 레빈을 생각하면 사랑으로 충만해져 마음이 가득 차오르는 것이었다. 한편 브론스키를 생각하면 그가 부족함 없이 사교적이고 부드러운 사람인데도 왠지 모르는 불편함이 있었다. 그것은 마치 그에게 진실하지 않은 무엇인가가 있는 듯한 느낌이었다. 하지만 그것이 브론스키의 말과 행동을 보고 느끼는 것이 아니라 그녀 자신의 마음속에만 있는 생각인 듯해서 걱정스러웠다.

■■   자신을 사랑한다고 믿고 있는 두 남자에 대한 키치의 생각이 잘 나타나 있는 부분이다. 그녀는 이미 자신에게 더 어울리는 진실한 상대는 레빈이라고 생각한 것이다. 이때 만약 키치가 편안함으로 다가오는 레빈을 선택했다면 그녀의 젊은 날 슬픔은 그렇게 크게 다가오지 않았을 것이다.

그러나 그녀는 어릴 적부터 추억을 함께한 레빈에게 더 끌리고 있었는데도 브론스키를 선택해 마음의 병을 크게 얻고 만다. 잘못된 선택이 자신의 삶을 좌우하게 된다는 것을 가슴 깊이 깨닫고 경솔함을 크게 후회하며 더욱 성숙해진다.

"어머님은 어제 몹시 피로하셨거든요. 이제 곧 나오실 거예요. 어제는…."

그녀는 자기가 무슨 말을 하는지도 깨닫지 못한 채 중얼거렸다. 마치 기도하는 듯한, 불쌍히 여기는 듯한 눈길을 레빈의 얼굴에서 떼지 않은 채 말했다. 레빈은 그녀를 쳐다보았다. 그러자 그녀는 얼굴을 붉히며 아예 입을 다물어버렸다.

"제가 이곳에서 오래 머물지 어떨지는 모른다고 말씀드렸죠? 그건 당신이 어떤 대답을 해주느냐에 달려 있다고…."

키치는 자신이 무언가를 결단지어야 할 시간이 다가오는 것을 느끼고 어찌 대답해야 할지 몰라 더욱더 얼굴을 붉히며 고개를 숙였다.

"결국 그건 당신의 태도에 달려 있다는 것을…."

레빈은 다시 똑같은 말을 되풀이했다.

"제가 말씀드리고 싶었던 건… 제가 말씀드리고 싶었던 건… 전 그일 때문에 모스크바에 왔습니다. 저… 제… 아내가 되어주십사 하는 것입니다."

그녀는 그를 똑바로 쳐다볼 수가 없었다. 하지만 숨이 가빠졌다. 그녀의 가슴은 기쁨으로 가득 차오르고 있었던 것이다. 그녀는 그의 사랑이 이토록 강하게 다가올 줄 몰랐다. 행복감에 젖어 정신을 못 차릴 정도였다 그러나 그 행복은 길지 않았다. 그녀는 브론스키를 선택해야 했다. 밝고 성실해 보이는 레빈의 눈길을 피하며 말했다.

"그럴 수가 없어요. 정말 미안해요."

레빈은 절망하는 듯한 표정으로 그 자리에서 움직일 수가 없었다.

■■　　 레빈이 용기를 내어 키치에게 사랑 고백을 하는 장면이다. 순수하고 소심한 레빈이 한 여자를 진심으로 사랑하게 되어 이런 상황을 만들지만, 잔인하게 거절당해 버리는 슬픈 장면이다. 키치는 처음부터 그가 모스크바에 온 이유, 자신의 집을 찾아온 이유를 모두 알고 있었지만 그의 마음을 받아들여서는 안 된다고 확실히 선을 긋고 있었다. 순수한 그의 마음을 알고 진정으로 행복에 가득 차서 크게 동요되지만 브론스키를 떠올리고 그의 사랑을 거절해버리는 것이다.

"아아 부인, 만일 부인께서 보셨더라면 정말… 그 사람의 처도 거기에 있었는데… 차마 눈뜨고 볼 수 없었습니다. 죽은 남편에게 매달려 통곡하며 우는데… 사람들의 얘기로는 그 남편이 혼자서 대가족을 부양해왔다고 하네요. 정말 끔찍스런 사건입니다."

"불쌍한 그 여자를 위해 우리가 도울 수 있는 일이 없을까요?"

안나는 흥분된 목소리로 속삭였다.

(…) 마차에 올라탄 오블론스키는 누이동생 안나가 파랗게 질린 입술을 바르르 떨면서 간신히 눈물을 삼키고 있는 것을 보았다.

"안나, 무슨 일이니?"

안나가 진정되길 기다리다가 마차가 한참 달렸을 때 그는 물었다.

"불길한 조짐이 자꾸만 들어요."

안나가 대답했다.

■■■ 안나가 브론스키의 어머니를 기차에서 만나 함께 시간을 보내고 역에 내렸을 때 기차에 뛰어들어 잔인하게 죽음을 택한 한 남자의 이야기를 사람들이 하고 있었다. 안나는 그 장면을 목격한 그의 부인을 진심으로 위로하며 자신의 일처럼 슬퍼한다. 톨스토이가 안나의 비극을 암시하는 장면으로 브론스키와 처음 만나는 시점이기도 하다. 아무도 그녀의 슬픈 삶을 짐작하지 못하는 상태에서 여린 그녀의 모습을 통해 사건의 복선을 깔아주는 것이다. 그녀 또한 자신이 격한 사랑에 빠져 그런 비참한 선택을 하리라고는 상상할 수도 없었던 그런 시절의 한 장면이다.

그 짧은 순간 속에서 브론스키는 그녀의 얼굴에서 춤추고 있던 억제할 수 없는 열정을 보았다. 그것은 빛나는 눈과 붉은 입술을 저절로 움

직이게 만드는 아련한 미소 사이를 마구 뛰어다니고 있었다. 마치 주체할 수 없는 무엇인가가 전신으로 흘러넘치며 그녀의 의지와는 상관없이 빛나는 눈과 미소 속에 그 모습을 드러내고 있는 듯했다. 그녀는 의식적으로 시선을 아래로 향했으나 의도와는 다르게 그 빛은 더욱더 세차게 빛나고 있었다.

■■   브론스키가 안나를 만나게 되고 본격적으로 사랑에 빠지는 장면이다. 사랑 따위는 관심 없던 브론스키를 자신의 모든 것을 바치는 남자로 바꾸어버리는 장면이기도 하다. 브론스키는 처음 안나를 만났을 때 그녀의 시선에서 강한 생명력을 느꼈다. 안나가 지닌 최대의 매력은 끊임없이 타오르는 '생명의 불꽃'이다. 그것은 그녀의 내부에서 삭이고만 있었던 젊음 그 자체였던 것이다. 그러나 누가 보아도 매력적인 안나의 모습에서 우리는 큰 망설임을 느낄 수가 있다. 안나 자신의 마음도 지루한 남편과 있을 때와는 달리 브론스키를 볼 때 달라지고 있다는 것을 느낀 것이다. 하지만 처음부터 안나는 사랑에 모든 것을 다 걸 만큼 용기 있는 여자는 아니었다. 브론스키를 향한 마음이 커지면 커질수록 그녀는 스스로를 억제했던 것이다. 하지만 자신도 모르게 뜨겁게 활활 타오르고 있는 사랑의 감정을 아련한 미소 속에 감춘다고 해도 브론스키에게 그 감정마저도 모두 들키고 만다.

'이건 누구에게나 다 일어날 수 있는 일이야. 다만 어떻게 해야 가장

훌륭하게 이 상태를 참고 견딜 수 있느냐 하는 것이 문제일 뿐이지.'

■■■ 알렉세이 알렉산드로비치가 안나에게 모든 고백을 받고 갈등할 때 하는 말이다. 그는 겁이 많아서 브론스키와 정식으로 결투를 할 만큼 용기가 있는 사람이 아니었다. 그렇다고 다른 사람의 시선을 생각하지 않는 사람도 아니어서 안나와 쉽게 이혼을 할 수도 없었다. 그런 것은 모두 자신의 명예를 떨어뜨리는 일이라고 믿었기 때문에 누구나 다 이런 상황에서는 자신과 같은 선택을 할 것이라고 스스로 합리화시킨다.

"나는 저 분을 두려워하는 것이 아니에요. 나는 죽는 것이 두려울 뿐이에요. 알렉세이, 내곁으로 좀 가까이 와줘요. 내가 이렇게 서두르는 것은 나에게 이제 시간이 없기 때문이에요. 나는 이제 얼마 살지 못할 거예요. 이제 곧 다시 열이 오르면 아무것도 기억하지 못하게 돼요. 하지만 지금은 아니에요. 무엇이나 다 알 수 있어요. 지금은 내 눈에 무엇이나 다 보여요."

알렉세이 알렉산드로비치는 인상 쓴 자신의 얼굴에 나타나는 고뇌의 빛을 감출 수가 없었다. 그는 안나의 손을 잡고 무슨 말이라도 떠올려 위로를 하려고 했으나 좀처럼 입술이 떨어지지 않았다. 오히려 자신이 아랫입술을 부들부들 떨고 있었다. 그러나 그는 흥분을 억지로 누르며 이따금 아내의 안색을 걱정스럽게 살피고 있었다. 그는 지금까지 한번도 본 적이 없는 사랑스럽고 감동적인 안나의 표정을 볼 수가 있었다. 그런 얼굴로 자기를 바라보고 있는 아내의 눈동자와 마주치는 일이 행복하기까지 했다.

■ ■ 아내의 부정함을 알고 떠나 있던 알렉세이 알렉산드로비치가 사경을 헤매는 아내 곁으로 다시 와서 그녀를 딱한 시선으로 보는 장면이다. 그전까지만 해도 알렉세이 알렉산드로비치는 이혼할 결심을 할 정도로 안나에게 정이 떨어져 있는 상태였는데 병상에 누운 그녀를 보고 난생 처음 따뜻한 연민을 느끼게 된다. 이때 그는 처음으로 다른 사람을 용서한다는 것에 기쁨을 얻고 자신의 마음까지 편해진다. 자기가 비난하거나 책망하거나 증오하고 있었을 때에는 도저히 해결할 수 없었던 일들이 용서하고 사랑하기 시작하자마자 금세 단순하고 명확하게 해결되는 것을 느낀다.

한편 안나는 브론스키에 대한 마음이 여전히 변함없지만 자신의 죽음 앞에서는 남편에게 용서를 빌고 있다. 온전한 정신이 아닌 상태라서 자신의 솔직한 마음이 아니라고 의심할 수도 있지만 그래서 오히려 더 내면에 담긴 말을 할 수 있었을지도 모른다.

당신이 원하는 사람이 아닌, 내가 당신 곁에 있다는 것만으로도 힘들어하고 있다는 것을 알고 있소. 그것을 알고 있는 것 자체가 나로서는 대단히 괴로운 일이지만, 어쨌든 그것은 엄연한 사실이오. 나는 당신을 원망하고 싶지 않소. 하느님께 맹세코 말하지만, 당신이 병상에 누워 사경을 헤맬 때에는 우리 두 사람 사이에 있었던 일을 깨끗하게 잊어버리고 다시 한번 새로운 생활을 시작하려고까지 결심했었소. 나는 그때 한 나의 결심을 앞으로도 결코 후회하지 않을 것이오. 그러나 내가 그렇게까지 결심하고 바라는 것은 오직 하나, 당신의 행복이오. 당신 마음의 평화와 행복이었소. 하지만 그것은 나와 함께는 결코 이룰 수 없는 것이라는 걸 이제야 깨달았소. 지금 당신에게 참다운 행복과 마음의 평안을 가져다줄 수 있는 것이 무엇인지 말해주시오. 나는 모든 것을 당신의 의사와 당신의 올바른 감정에 맡기고 싶소.

■■■　알렉세이 알렉산드로비치는 안나가 병에서 완쾌되자 그녀의 잘못을 용서한다. 그러나 그가 보기에 그녀는 항상 뭔가 다른 것을 원하고 있는 듯하다. 그래서 진심으로 그녀가 원하는 것이 무엇인지를 알아보기 위해 편지를 쓰는데 위 문구가 그 내용이다.

하지만 이 편지는 안나에게 전달되지 않는다. 그녀에게 보이기 전에 오블론스키가 먼저 보기 때문이다. 그는 안나와 차라리 이혼하라고 말한다. 알렉세이 알렉산드로비치는 오블론스키와 한참을 이야기한 뒤 결국 안나와 이혼을 결심하는 게 자신의 입장이 떳떳해지는 길이라고 믿는다. 그래서 이 편지 대신 이혼에 동의한다는 편지만 보내게 된다. 안나와 브론스키는 알렉세이 알렉산드로비치의 이 결정 때문에 자유롭게 사랑을 나누게 된다. 하지만 처음으로 안나에 대해 깊은 배려를 해준 알렉세이 알렉산드로비치는 자신의 삶은 이제 아무것도 아니라는 허탈한 마음이 들어 깊이 상심한다.

브론스키는 말했다.

"처음부터 당연히 이렇게 됐어야 했습니다. 우리들이 살아 있는 동안 당연히 이렇게 됐어야 하는 겁니다. 우리가 언제나 함께 해야 한다는 것을 이제야 확실히 알았습니다."

"하지만 이렇게 되어서 너무 기쁜데도 아직도 뭔가 무서운 일이 남아 있는 것만 같아요."

안나가 불안한 듯 말했다.

"아니 모든 것이 끝났어요. 불행이 끝장난 거예요. 우리들은 이제부터 틀림없이 행복해질 겁니다. 우리들의 사랑이 좀더 강해진다면, 그것은 뭔가 무서운 것을 이겨냈기 때문에 강해진 겁니다."

브론스키는 안나를 안심시키며 말했다.

▪ ▫ 　안나와 브론스키가 자유롭게 사랑할 수 있다는 기쁨으로 함께 재회하는 장면이다. 안나는 그동안 자신에게 일어난 모든 일이 불행했다고 믿었기 때문에 지금의 행복도 금세 어디론가 사라지지는 않을까 하는 두려움이 있다. 또한 알렉세이 알렉산드로비치가 이혼을 요구해주어서 그들의 사랑이 자유로워졌다고는 하지만, 그들을 바라보는 사회의 시선과 냉대가 앞으로 그들을 더욱 힘들게 할 것을 미리 짐작한다. 물론 브론스키의 말처럼

그들의 용감한 사랑이 깊어지면 깊어질수록 더욱 강해져야 한다는 것도 사실이다. 결국 안나는 남편의 이혼을 받아들이지 않은 채로 브론스키와 여행을 떠나게 되면서 영원히 브론스키의 아내로는 살지 못하게 된다.

"내가 안나를 찾아가거나 그녀를 우리집에 초대하거나, 사교계에 복귀시켜주었으면 하는 것이지요? 하지만 나로서는 그런 일은 할 수가 없어요. 딸들도 점점 시집갈 나이가 되고 나도 주인을 위해서 사교계에 출입하지 않으면 안 돼요. 좀 이해해주세요. 혹시 내가 안나를 방문해줄 수는 있다고 할지라도 그녀를 우리집에 초대할 수 없다는 것은 안나도 이해해줄 거예요. 아니, 초대한다고 해도 안나를 이상한 눈으로 바라보는 수많은 사람들과 만나지 않게 하는 것은 어려운 일이에요. 그리고 그런 일 자체가 도리어 안나를 모욕하는 일이 될 거예요. 그래서 나로서는 안나를 맞아들일 수가 없어요…"

"설마 형수님이 집에서 만나시는 수백 명의 부인들보다도 그 사람이 훨씬 더 타락했다고 생각하시는 것은 아니겠지요?"

브론스키는 어두운 표정을 지으며 그녀의 말을 가로막았다. 그리고 그녀의 결심이 바뀌지 않으리라는 것을 알고 더 이상 아무 말도 하지 않고 자리에서 일어섰다.

■■■ 모든 것을 버리고 자신을 택한 안나가 모스크바로 돌아와서 너무

외로워하자, 브론스키는 자신의 가족들이 그녀를 위로할 수 있는지를 알아본다. 물론 브론스키는 어머니나 형들에게는 기대하지 않았지만 언제나 자신의 진심을 먼저 이해해주었던 형수는 꼭 그렇게 해줄 수 있으리라고 믿었다. 하지만 그녀 역시 평범한 러시아의 여인이었다. 안나처럼 파격적인 삶을 사는 여인이 자신의 고귀한 삶을 방해하는 것은 싫었던 것이다. 브론스키는 평소 사교계의 귀족 여인들에게 줄곧 호의적이지는 않았지만 특히 이 장면에서는 그들을 그동안 어떻게 생각하고 있었는지 쉽게 알 수 있다. 브론스키는 자신이 선택한 안나가 그 무리들과는 전혀 다른 성격의 여인이라는 것을 알고 사랑에 빠진 것이기도 하다.

"안나와 브론스키가 얼마나 착하고 친근감이 있는지 사람들은 잘 몰라요. 그것을 알기 위해서는 그 두 사람을 오랫동안 곁에서 지켜봐야 해요. 나도 이번에 가보고서야 브론스키라는 사람을 잘 알게 되었어요."

■■■ 안나와 브론스키를 제외한 모든 사람은 그들의 사랑을 이해하지 못한다. 뿐만 아니라 자신들이 이해할 수 없다는 이유로 미워하며 그들의 생활 속에서 둘을 점점 더 멀리 밀어낸다. 하지만 돌리는 이 장면에서 처음으로 그들의 사랑을 직접 경험해보지 않고서는 알 수 없다고 말한다. 돌리도 역시 처음에는, 자신이 아끼는 안나를 그렇게 파멸로 몰고 가는 브론스

키를 증오했지만 직접 만나서 함께 지내며 그의 친절함과, 그들의 진정한 사랑을 겪고 나니 조금이나마 이해할 수 있게 된 것이다. 그들의 주변에 돌리와 같이 그들을 이해하고 인정해주는 사람이 몇 명만 더 있었더라도 아마 비극은 일어나지 않았을 것이다.

'아 내가 가야 할 곳은 도대체 어디란 말인가?'

'저기야, 바로 저 한가운데…. 저곳으로 뛰어드는 거야. 그렇게 하면 나를 이렇게 만든 그를 괴롭게 하고, 나 역시 모든 사람으로부터 벗어나게 될 거야. 아니 나 자신으로부터 자유로워지게 되는 거야.'

■■■■ 안나가 자신의 삶을 마감하면서 가장 마지막에 내리는 결정이다. 자신의 열정이 결국 파멸로 이끌었다는 사실을 알면서도 그것을 잡아주지 않은 브론스키와, 자신을 세상과 격리시켰던 사회의 시선들을 모두 원망하면서 떠나기로 마음먹는 장면이다. 브론스키의 사랑을 잃었다고 생각하는 순간 자신의 삶에는 아무것도 남아 있지 않음을 느끼는 것이다. 결국 그녀를 죽음으로 몰고 간 것은 그녀 자신 속에서 끊임없이 솟아나는 열정과 사랑 때문이었다. 그것을 줄 곳이 없다고 생각하자 그녀는 살아갈 이유를 느끼지 못하고 삶을 포기하게 된 것이다.

논제1

제시문 가)와 나)에 나온 두 여성의 사랑에 대한 결정을 분석하고, 한 가지 입장을 택해 자신의 생각을 논술하시오.

가) '하느님, 저의 부질없는 삶을 용서해주옵소서!'

안나는 자신의 저항이 헛된 일임을 깨닫고 체념하며 말했다. 몸집이 작은 한 농부가 허리를 구부리고, 중얼거리면서 뭔가를 하고 있었다. 그 순간, 안나에게 불안과 기만과 슬픔과 사악으로 가득 찬 책을 읽게 해주던 한 자루의 촛불이 여느 때보다도 밝게 타올라, 어둠 속에 싸여 있던 모든 것을 비추는 듯하더니 이내 파지직파지직 소리를 내면서 사라지다가 이윽고 영원히 꺼져버렸다.

나) 헬메르 : 가정도, 남편도, 그리고 아이들까지도 뿌리치고 지금

가겠단 말이오? 세상 사람들이 뭐라고 할지 생각해보지 않고, 모든 것을 다 버리고?

노　라 : 그런 것은 생각해보지 않았어요. 제가 알고 있는 것은 이렇게 하는 것이 어디까지나 저에게 필요하다는 것뿐이에요.

헬메르 : 이거 정말 괘씸하군. 그럼, 당신은 지금까지 해왔던 신성한 의무를 모두 저버리겠단 말이오?

노　라 : 신성한 의무라구요?

헬메르 : 그걸 당신에게 꼭 내 입으로 들려줘야 하나? 당신의 남편과 아이들에 대한 의무 말이야.

노　라 : 그것 말고 제게는 더 중요한 또 하나의 의무가 있어요.

헬메르 : 그런 게 어디 있어? 대체 어떤 의무지?

노　라 : 그건 바로 저 자신에 대한 의무예요.

헬메르 : 당신은 한 남자의 아내이고 저 아이들의 어머니란 말이오.

노　라 : 이제 그런 것은 이제 믿지 않아요. 무엇보다도 저는 떳떳한 인간이에요. 당신과 마찬가지로…. 적어도 한 인간이 되기 위해서 노력해야겠어요. 대부분의 사람들은 당신이 옳다고 하겠지요. 책에도 그렇게 씌어 있고요. 하지만 세상이 내게 어떻게 말하든 책에 어떻게 씌어 있든 이미 저는 그런 것들에 만족할 수 없게 되었어요. 그것을 확실하게 이해하기 위해서 저는 스스로 깊이 생각해봐야겠어요.

헬메르 : 당신은 가정에서 당신이 해야 하는 일이 있다는 것을 잘 알지 못하고 있군. 이 같은 문제에 관해서는 틀림없는 길잡이가 될 종교가 있잖소.

노 라 : 글쎄요, 종교란 것이 도대체 무엇이죠? 저는 잘 모르겠어요.

헬메르 : 무슨 말을 하는 거지?

노 라 : 솔직히 저는 옛날에 세례를 받을 때, 한센 목사님이 말씀하신 것 외에는 잘 몰라요. 그분이 종교란 이러이러한 것이라고 말씀하셨기 때문에 그나마 알고 있는 것이지요. 이번에 나는 지금의 처지에서 벗어나 혼자가 되면, 그 말을 잘 생각해 보겠어요. 한센 목사님의 가르침이 옳은지 어떤지. 적어도 내게 옳은지 어떤지 알고 싶으니까요.

헬메르 : 젊은 여자의 입에서 결코 들어보지도 못한 말이야. 종교가 당신의 길잡이가 되지 못한다면 부득이 당신의 양심을 흔들어 깨울 수밖에 없어. 아무리 당신이 이렇게 나와도 도덕적인 관념은 가지고 있을 테니까. 어때, 그것도 갖고 있지 않았나?

노 라 : 글쎄요, 토르발, 나는 그것도 잘 모르겠어요. 그래서 대답할 수 없어요. 나는 솔직히 말해 도덕이란 것에 대해 아무것도 몰라요. 다만 제가 아는 것은 당신이 나와 다르게 생각하고 있다는 것이지요. 또한 법률이란 것이 제가 그동안 생각하고 있었던 것과 다르다는 것을 이번에 처음으로 깨달았어요.

이제는 법이 옳다고 생각할 수가 없어요. 여자에게는 늙어서 돌아가시게 된 아버님을 위로하거나 남편의 목숨을 구할 권리가 없는 건가요? 그런 것은 납득할 수 없어요.

헬메르 : 마치 어린애 같은 소리를 하는군. 당신은 당신이 살고 있는 이 사회를 이해하지 못하고 있어.

—입센, 『인형의 집』

✔ 체크 포인트

노라와 안나는 사랑받으며 살고 싶어하는 공통점이 있다. 하지만 그녀들의 마지막 선택은 각각 다르다. 사랑을 잃었다고 생각했을 때 안나는 삶을 포기했고, 노라는 자신에 대해 진지하게 고민하며 삶을 다시 시작한다. 이런 상반된 선택을 하는 두 여성의 차이점을 분석하는 것이 가장 중요한 문제이다. 안나의 삶을 이해하는 의견이라면 안나가 왜 그런 선택을 할 수밖에 없었는지 사회적인 배경을 비판해보는 것도 좋다.

제시문 가)와 나)에 나타난 두 상황의 차이를 설명하고, 러시아 사회에서 여성이 차지하는 위치를 다)와 비교해 논술하시오.

가) "돌리, 제발 부탁이니 진정하고 가만히 내 이야기를 들어요. 나는 언니에게 반했을 때의 오빠를 알고 있어요. 아직도 그때 일을 기억하고 있어요. 오빠는 툭하면 울먹거리며 언니의 이야 기를 했었지요. 언니는 오빠에게 뭔가 숭고하고 성스러운 존재 였어요. 오빠는 언니와 함께 살면 살수록 말끝마다 '돌리는 멋 진 여자야' 하고 자랑을 했기 때문에 우리는 곧잘 놀려대곤 했 어요. 지금도 언니는 오빠에게 여전히 그런 존재예요. 다만 이 번 일은 한때의 방황일 뿐이지요."

"하지만 그 방황이 되풀이된다면 어떻게 되는 거지요?"

"그런 일은 없어요. 적어도 나는 그렇게 생각해요."

"아가씨 같으면 오빠를 용서하겠어요?"

"모르겠어요. 재판을 할 수도 없는 일이고…. 아니에요, 용서 할 수 있어요."

안나는 잠시 생각한 후에 말했다. 그러고는 머릿속으로 그때의 상황을 생각해보더니, 그것을 마음의 저울에 달아보고 나서 덧 붙였다.

"그래요. 용서할 수 있어요. 나 같으면 용서할 수 있어요. 물론 예전처럼 살 수는 없겠지만, 그래도 용서할 수 있어요. 그런 일이 없었던 것처럼, 전혀 없었던 것처럼 용서하겠어요."

"그야 물론이죠."

돌리는 재빨리 말했으나, 그동안 마음속으로 생각한 것을 말하는 듯했다.

"그렇지 않으면 그건 용서한 게 아니겠지요? 용서하려면 아주 철저하게 용서해야지요. 자 그럼, 나를 따라와요. 아가씨 방으로 안내하겠어요."

돌리는 자리에서 일어나면서 말했다. 그리고 그녀는 가는 도중에 안나를 포옹했다.

"아가씨가 와주어서 얼마나 다행인지 몰라요. 정말 기뻐요. 덕분에 마음이 가벼워졌어요."

나) 안나는 답장을 쓰기 위해 책상 앞에 앉았다. 그러나 편지를 쓰지 못하고 책상 위에 엎드려 마치 어린아이처럼 가슴을 들먹거리면서 흐느껴 울기 시작했다. 자신의 입장을 분명히 하려고 모든 것을 말해버렸지만 그것으로 가벼워질 듯했던 마음이 더욱 무거워졌기 때문에 서러웠다. 모든 것이 원래의 상태로, 아니 원래 상태보다도 훨씬 더 나빠질 것이라는 걸 미리부터 알고 있었던 것이다. 그녀는 자신이 지금까지 드나들었던 사교계의 지위가 갑자기 소중한 것처럼 느껴졌다. 그리고 남편과 자

111

식을 버리고 정부와 어울리게 된 수치스러운 처지를 바꿀 수 없다는 것이 절망스러웠다. 아무리 노력해보아도 결국 자신이 원하는 것을 얻지 못하는 지금과 똑같은 상황이라는 것을 그녀 자신도 느꼈던 것이다. 그녀는 결코 사랑의 자유를 맛보지 못할 것이다. 그녀는 도저히 함께 살 수 없는 브론스키와 수치스러운 관계를 지속해나가기 위해 언제 탄로날지 모르는 끊임없는 불안 속에서 살아야 한다. 남편을 속이고 다른 남자를 만난 죄 많은 여자로 언제까지나 남게 될 것이다. 안나는 그렇게 될 것이라는 걸 잘 알고 있으면서도 그와 동시에 그것이 어떠한 결말을 가져올 것인지 상상할 수도 없을 만큼 두려웠다. 그래서 그녀는 마치 벌을 받고 있는 어린애처럼 엉엉 울었다.

(다) 조선시대 일찍 과부가 된 한 여인이 고생 끝에 형제를 키워 벼슬길에 오르게 했다. 어느 날 아들들이 나랏일을 보던 중에 한 선비의 벼슬길을 막으려고 하는 것을 보고는 과부 어머니가 물었다.

"어찌하여 너희는 죄 없는 사람의 벼슬을 막으려고 하느냐?"

그러자 아들이 말하기를,

"그의 선조에는 수절을 하지 못한 과부가 있다는 소문 때문에 여론이 좋지 않습니다."

"바람은 소리만 나지 형태가 없다. 눈으로 살펴도 보이지 않고 손으로 잡아도 잡을 수가 없다. 공중에서 일어나 만물을 흔들리게 하니 어찌 형편 없는 일을 가지고 남을 흔들리게 한단 말이냐? 게다가 너희들도 과부의 자식이니, 과부의 자식으로 어찌 과부를 논할 수가 있겠느냐? 잠깐만 기다려라. 너희들에게 보여줄 게 있다."

어머니는 품속에서 닳고 닳아서 형태조차 남아 있지 않은 엽전을 한 개 꺼냈다. 그리고 외로움을 견디기 힘들 때마다 십 년 동안 이 엽전을 굴리며 참아왔다고 말했다.

이 말을 들은 형제는 어머니를 부둥켜안고 엉엉 울고 말았다.

— 박지원, 「열녀함양박씨전」

✔ 체크 포인트

러시아 사회에서 여성의 위치를 이해해야 한다. 당시 러시아 사회에서 여성은 이혼을 하면 사회적으로나 경제적으로 떳떳하게 살아갈 수 없는 형편인데도 유부녀의 몸으로 자신의 사랑을 찾아 사회적인 냉대를 감수해가는 안나의 삶을 생각해본다. 또한 정절을 목숨보다 중하게 여겼던 조선시대의 여성의 입장을 함께 이해해본다.

제시문 가)에 나타난 레빈의 사고를 제시하고, 나)를 근거로 알맞은 해결방법을 논술하시오.

가) "우리의 삶의 원동력이 되는 것은 역시 개인적인 행복이라고 생각합니다. 그러나 나는 한 사람의 귀족으로서 오늘날의 지방자치제도에서는 나의 행복을 증진시켜줄 만한 것들을 한 번도 발견하지 못했습니다. 도로는 조금도 좋아지지 않고 아니, 그 이상 더 좋아질 리가 없습니다. 하지만 내 말들은 좋지 않은 길에서도 거뜬히 나를 태우고 달릴 수 있습니다. 내게는 의사도 병원도 필요 없습니다. 난 한 번도 그런 곳에 간 일이 없고, 앞으로도 결코 가지 않을 테니까요. 학교도 역시 내게는 불필요할 뿐만 아니라 아까도 얘기한 것처럼 오히려 해로울 정도입니다. 지방자치제도라는 것도 내게는 다만 일 데샤티나에 십팔 코페이카의 세금을 내야 한다는 것과 도회지에 나가 빈대투성이인 여인숙에 묵으며 온갖 쓸데없는 이야기라든지 지저분한 얘기를 들어야 한다는 의무일 뿐 내 개인적인 이해와는 아무런 상관이 없으니까요."

"아, 잠깐만…."

코즈니셰프는 미소를 지으며 레빈의 말을 가로막았다.

"우리가 개인적인 이해를 따져가며 농노해방을 위해 노력해온 것은 아니야. 하지만 우리 역시 그 일을 위해 노력해왔잖나."

"아뇨. 그렇지 않습니다."

레빈은 점점 더 흥분해서 상대방의 말을 가로막았다.

"농노해방은 별개의 문제입니다. 거기에는 물론 개인적인 이해는 얽혀 있어요. 우리는 모든 선량한 인간을 압박하고 있던 멍에를 스스로 벗어던지려고 했으니까요. 그러나 지방자치회의 의원이 되어 자기가 살지도 않는 도시에 청소부가 몇 명 필요하고, 철관을 어떻게 가설해야 좋으냐고 하면서 평의한다든지, 배심원이 되어 햄을 훔친 농민을 심문하기도 하는 즉 변호인이나 검사의 딱딱한 변론이나 논고를 여섯 시간이나 들어야 하는 일들을 합니다. 요전날도 재판장이 우리 마을의 백치인 알료시카라는 영감더러 '피고는 햄을 훔친 사실을 인정합니까?'라고 물었더니 영감이 '뭐라구요?' 하고 대답하는 형편이었습니다."

내) "농업의 수준이 낮아지고 있다는 것과 현재와 같은 지주와 노동자의 관계로는 유익하고 합리적인 경영을 영위해나갈 수 없다는 것은 아주 지당한 말씀입니다."

"아닙니다. 나는 그렇게 생각하지 않습니다."

이번에는 진지한 어조로 스비야주스키가 반박했다.

"적어도 내가 볼 때에 그것은 단지 우리들의 경영이 서툴렀을 뿐이고, 오히려 농노제 시대에 우리들이 해왔던 경영은 수준이 너무 높기는커녕 도리어 낮은 것이었지요. 우리에게는 기계도 없고 경작용의 좋은 가축도 없고 올바른 관리법도 모르며, 아니 계산조차 할 줄 모르는 형편이었으니까요. 정 못 믿으시겠다면 어느 지주에게라도 물어보세요. 그들이 무엇이 이익이고, 무엇이 손해인지조차 모르고 있으니까요."

"이탈리아식 부기법 말씀입니까?"

지주는 빈정거리는 투로 말했다.

"그걸로는 아무리 계산해봤자 별 소용이 없습니다. 이윤 같은 것은 한 푼도 없으니까요."

✔ 체크 포인트

농촌에서 지방자치에 바라는 점과 그들이 농촌을 위해 해야 하는 일들이 잘 맞지 않기 때문에 일어나는 일들을 이해한다. 그리고 이런 비능률적인 방법을 개선하기 위해서는 대화와 타협을 동반한 새로운 교육이 필요하다는 논지에 중점을 두고 서술한다.

아래 제시문을 읽고, 나)와 다)를 예로 들어 노동의 중요성을 논술하시오.

가) 마침내 첫번째 밭둑의 풀베기가 끝났다. 레빈은 낫을 내려놓고 농부들과 잠시 휴식을 취했다. 머리부터 발끝까지 땀으로 젖은 레빈은 기분이 무척 좋았다. 두 번째 밭둑의 풀베기를 시작했을 때는 처음보다 훨씬 쉬웠다. 점점 익숙해지기도 했고, 함께 일하는 농부들도 열심히 일하는 레빈을 더 이상 놀리지 않고 일의 속도를 레빈에게 맞추어주었다. 레빈은 일하는 동안 마음 속의 근심을 모두 잊을 수 있었다. 오히려 일하면서 흘리는 땀으로 그동안의 많은 괴로움이 모두 즐거움으로 바뀌는 듯했다.

나) 할수없이 큰 도깨비는 이집 저집을 돌아다니며 밥을 얻어먹게 되었다. 그러다가 이반의 궁궐로 밥을 얻어먹으러 갈 차례가 되었다. 큰 도깨비가 밥을 먹으러 궁궐로 들어가보니 이반의 벙어리 여동생이 밥상을 차리고 있었다. 그녀는 지금까지 게으름뱅이들에게 여러 번 속아왔기 때문에 일을 하지 않는 사람은 손만 보고도 금방 가려낼 수가 있었다. 벙어리 여동생은 손가락에 굳은살이 박힌 사람은 식탁에 앉혀 맛있는 음식을 주었지만 그렇지 않은 사람은 문 앞에 앉힌 후 찌꺼기를 모아서 먹게 했다. 큰 도깨비가 밥을 먹으려고 식탁에 앉자 벙어리 여동생

은 그의 가늘고 흰 손가락을 보고는 문 앞으로 내쫓았다. 그러

자 이반의 아내는 큰 도깨비에게 말했다.

"너무 화내지 마세요. 우리 시누이는 손에 굳은살이 박히지 않

은 사람은 식탁에 앉히지 않거든요. 조금만 기다리셨다가 사람

들이 다 먹고 나면 그때 드세요."

― 톨스토이, 「바보 이반」

다)   일락서산日落西山에 해떨어지고

월출동령月出東嶺에 달이 솟아,

여봐라 사농공상士農工商 직업 중에

우리 농부가 제일일세. 에이헤 에허루 상사디야,

여봐라 농부야, 말 들어라 농부야 말 들어.

― 민요, 「자진농부가」

✔ 체크 포인트

일하는 즐거움과 노동의 중요성을 이해한다. 제시문 나)의 벙어리 여동생은 사회적인 약

자인데도 노동의 신성함을 깨닫고 그것으로 사람을 평가한다. 벙어리 여동생의 입장에서

큰 도깨비가 범한 오류와 우리 민족이 일을 할 때마다 노래를 불렀던 이유를 함께 생각해

본다.

121

아래 제시문에는 인간이 다른 생명체를 대하는 여러 가지 태도가 나타나 있다. 인간 중심 사회에서 다른 생명체를 대하는 올바른 태도를 다)의 입장에서 논술 하시오.

가) 선두로 달리는 브론스키에게 남은 장애물은 이제 하나뿐이었 다. 우승을 하는 데는 아무런 문제도 남아 있지 않았다. 경쟁자 마호친도 멀리서 말을 달려오고 있었다. 하지만 그때였다.

브론스키는 말과 한몸이 되지 못해 중심을 잃고 서투른 동작을 취하다가 발이 땅에 닿았다. 브론스키의 말이 그의 다리 위로 쓰러졌다. 브론스키가 발을 빼내려고 하자 말은 괴로운 듯이 숨을 몰아쉬었다. 넘어지면서 말의 등뼈가 부러진 것이었다. 브론스키는 머리를 감싸며 괴로워했다. 태어나서 처음으로 자 신의 실수 때문에 일어난 불행이 너무 가슴 아팠기 때문이다.

나) 집안은 평화로웠지만 눈에 가시인 가브릴로만 아니면 더할 나 위 없이 즐거울 것만 같았다. 이반은 고양이를 집어 던지고, 대 야를 놓아둔 자리가 다르다고 여자들을 꾸짖었다. 한바탕 야단 을 치고 나자 이반은 모든 일이 시들해졌다.

(…) 많은 사람이 모여들었다. 하지만 손을 쓸 수가 없었다. 근 처의 마을 사람들은 살림살이를 끌어내기도 하고, 남은 가축들

을 다른 곳으로 모아놓기도 했다. 이반의 집도 타기 시작했다. 엎친 데 덮친 격으로 바람까지 불었다. 마을의 절반이 타고 있었다. 이반의 식구들은 겨우 옷만 입은 채 뛰쳐나왔을 뿐 다른 것은 몽땅 타버리고 말았다. 가축들도 밤일을 나갔던 말을 빼놓고는 전부 찜이 되었다. 닭들도 홰에 앉은 채 타 죽었으며 가래도, 써레도, 여자들의 옷궤도, 뒤주에 간수한 곡식도 모조리 타버렸다.

— 톨스토이, 「불을 놓아두면 끄지 못한다」

다) 예멜리얀은 작은 시골 농가의 머슴이었다. 어느 날 일을 하러 들판으로 나가던 중 개구리가 폴짝폴짝 뛰는 것을 발견했다. 하마터면 자신의 큰 신발 밑에 깔릴 뻔한 개구리를 간신히 뛰어넘었다. 그는 안도의 한숨을 쉬고는 다시 들판을 향하는데 그때 누군가 등 뒤에서 부르는 소리가 들렸다.

"예멜리얀."

예쁜 처녀의 목소리였다.

"당신은 왜 장가를 안가세요?"

"나 같은 게 어찌 장가를 가요. 난 가진 것이 하나도 없어요."

"그렇다면 내가 시집갈게요."

— 톨스토이, 「머슴 예멜리얀과 빈 북」

제시문 가)와 나)는 인간이 지구상에서 가장 우월하다는 이유로 다른 생명체를 경시하는

풍조가 엿보인다. 다)에 제시된 것처럼 인간과 다른 생명체를 동일한 자연의 일부로 받아

들이고 공존할 수는 없는지 생각해본다.

■■ ■ 1. 안나와 노라는 사랑이 인생의 전부라고 믿는 여성이다. 물론 안나는 사랑을 위해 모든 것을 버리지만 노라는 사랑과 가정 모두를 지키며 남편의 말에도 순종하는 전형적인 보통 아내다. 둘은 모두 지금 누리고 있는 사랑이 영원할 거라고 믿는다. 아니, 영원해야 한다고 믿는다. 뿐만 아니라 자신이 사랑하는 배우자들 역시 같은 생각으로, 그녀들이 원하는 것 모두를 들어줄 것이라고 믿는다.

하지만 상대 남성들의 생각은 그녀들과는 달랐다. 브론스키는 안나가 자신에게 집착하는 것을 이해하지 못하고 혼자 내버려두었고, 노라의 남편 헬메르는 자신의 부와 명예를 노라가 땅바닥으로 떨어뜨렸다고 생각하는 순간 달라졌다. 그녀들은 마침내 그들의 생각이 자신들과는 다르다는 것을 알고는 결정을 내린다. 하지만 원하는 것이 같았던 그녀들의 선택은 매우 다르다.

안나는 처음부터 두려움 없는 사랑으로 파격적인 삶을 산다. 하지만 그것이 모두 무너졌다고 생각할 때 새로운 삶을 또 한번 계획하지 못하는 사람이다. 그래서 결국 자신의 전부를 걸었던 사랑이 식어버린 것을 알고 죽음을 택한다. 꿈과 이상이 사라지는 순간 모든 것을 포기하는 결정을 내린 것이다.

하지만 노라는 가정생활 외에는 아무것도 모르고 살아왔다. 지금까지 자신이 살아온 것은 스스로가 원했던 삶이 아니라는 것을 깨닫고 새로운 인생을 시작한다. 물론 남편 헬메르는 그것을 이해하지 못한다. 그리고 그는 사회도 그녀를 받아주지 않을 것이라고 말한다. 그러나 새장 속의 종달새처럼 살아왔던 노라는 자신에게 닥쳐올 그 모든 것을 두려워하지 않는다. 오히려 이제부터가 자신이 스스로 생각하고 선택하게 될 삶이라는 것을 뿌듯해한다.

사람들은 살아가면서 많은 것을 잃고 얻는다. 때로는 잃는 것이 너무 커서 삶을 포기하는 지경에 이르기까지 한다. 하지만 잃는 것이 슬프고 힘든 대신 그만큼 다른 것을 얻었을 때 또 다른 감사함을 느끼는 것이다. 그래서 안나가 자신의 삶을 포기하고 더 이상 얻는 기쁨을 느끼지 못하게 된 것과는 달리 모든 것을 다 잃었다고 생각한 노라는 이제 '자기발견'이라는 더 큰 것을 얻게 될 것이다. 물론 그것을 얻기 위해 여러 가지 힘든 시선을 견뎌야 하지만 노라는 결코 후회하지 않을 것이다. 그렇게 살아가는 것이 다른 사람의 인형처럼 사는 것보다 훨씬 더 나은 삶이기 때문이다.

■■ ■ 2. 돌리는 러시아의 평범한 여성으로 남편에게 충실한 아내이
자, 자녀들을 최상으로 양육하는 이상적인 어머니이다. 하지만 이렇게
러시아가 바라는 완벽한 여성의 삶에 바로 남편 오블론스키는 문제를
일으킨다. 부인 돌리가 정성을 다해 돌보는데도 그가 외도를 저질렀기
때문이다. 화가 난 돌리는 남편에 대해 자신이 어떻게 행동해야 할지
갈등한다. 잘못을 일으킨 남편이 무조건 문제를 해결해주길 바라는 것
이 아니고, 그것마저도 자신이 결정해야 한다. 더욱이 오블론스키의
잘잘못을 따지기 전에 돌리 자신이 그를 떠나서 살 수 있는지 없는지
를 먼저 고민한다. 결국 돌리는 남편의 잘못이 바로잡아지기 전에 절
대로 함께 삶을 영위할 수 없다고 말하는 것이 아니라, 남편 없이는 혼
자서 살 수 없으니까 어쩔 수 없이 그를 용서하게 된다.

그 당시 러시아 사회에서 이혼한 여성이 혼자 살아가는 것이 힘들었
다고 해도 그것은 무조건 이해할 만한 사항이 아니다. 아무리 부부 사
이라고 해도 서로에 대한 배려와 예절은 지켜야 한다. 그것이 아무리
실수로 일어난 일이라고 해도 제대로 해결하지 않고 넘어간다면 앞으
로도 그런 일은 종종 벌어질 것이다. 돌리의 삶이 크게 바뀌지 않는 한
그녀는 겁이 나서 남편을 바로잡는 일은 물론이며, 버리고 떠날 수도
없게 될 것이다.

돌리의 남편이 부정을 저지른 것과 달리 안나는 여성의 몸으로 자신의 사랑을 찾았다. 물론 오블론스키의 쾌락을 위한 사랑과 안나가 말하는 숭고한 사랑은 방법부터가 틀리기는 하다. 하지만 가정이 있는 안나의 사랑도 불륜일 수밖에 없다. 이 사실을 모두 알아버린 안나의 남편 알렉세이 알렉산드로비치는 그녀의 죄를 묻기보다 그 관계를 빨리 끝내달라고 한다. 그러면 모든 것을 없던 일로 하고 다른 사람 보기에 아무렇지도 않게 지내면 된다는 것이다.

돌리가 오블론스키를 용서한 것처럼 알렉세이 알렉산드로비치도 안나를 용서한다. 돌리나 알렉세이 알렉산드로비치 모두 자신의 입장 때문에 상대방의 잘못을 용서하는 것이다. 능력 있는 배경의 돌리였다면, 보잘 것 없는 평범한 알렉세이 알렉산드로비치였다면, 그 용서를 다시 한번 더 깊게 생각해보았을 것이다. 그러나 둘 다 이미 각각의 배우자들에게 실망한 채 함께 살면서 바라는 것이 더 이상 없는데도 서로의 껍데기만을 갖고 살아가려고 한다.

안나는 러시아의 보수적인 귀족 사회에서 자신의 사랑을 믿고, 남의 시선 따위는 신경쓰지 않는다. 남편이 보낸, 헤어질 수 없다는 내용의 편지를 읽고 나서 펑펑 우는 이유는, 관대한 남편의 마음에 감동받아서도 아니고, 그동안의 일을 죄스러운 마음으로 뉘우쳤기 때문도 아니다. 오직 자신의 사랑이 한낱 불륜거리로 남는 것이 끔찍했기 때문이다. 많은 것을 포기하고 얻은 힘겨운 사랑이 사회적인 제도나 인습 때문에 사라지는 것을 반대하는 울음인 것이다.

돌리가 남편의 외도를 용서하며 참고 사는 러시아의 전형적인 여성의 삶이라면, 안나는 자신이 선택한 삶이 비난받을 만한 것이라도 그것을 감수하고 강행하려고 하는 좀더 주체적인 여성의 삶이라고 할 수 있다. 그러나 안나의 남편은 그것을 이해하지 못하고 관대한 마음이라는 보기 좋은 포장으로 안나의 삶을 옭아맨다. 이것은 안나의 삶뿐만 아니라 그 시대 여성 전체에게 던지는 경고장이나 다름없다. 남자들이나 두는 정부를 여자들도 똑같이 둔다고 한다면 이러한 비참한 삶을 살 것이라는 무언의 압박인 것이다.

자신이 혼자서는 살아갈 수 없기 때문에 수많은 첩을 둔 지아비를 한평생 잔소리 한마디하지 않고 살았던 조선시대 여성들의 용서나 돌리의 용서는 닮은 점이 있다. 가부장적 사회 속에서 여성이 남성들의 비도덕적인 상황을 보면서도 참는 것이 미덕이라는 악덕을 인내하며 두 나라의 여성들은 자신들이 왜 용서를 하며 살아야 하는지 정확한 이유도 몰랐던 것이다.

그러나 오늘날에 와서는 틀 안에 갇혀 자신의 주장을 펼치지 못했던 수많은 여성이 달라지고 있다. 앞으로도 그 소리를 다른 이유로 줄이고, 자신만의 용서로 합리화한다면 더 이상 우리시대 여성의 자리는 없을 것이다. 안나처럼 자신의 의지를 관철시키는 행동이야말로 사회 속에서 여성의 힘을 기르는 일이다.

■ ■ 3. 제시문 가)에서 레빈은 지방자치제도에 강한 불신을 나타내고 있다. 그 정도가 심해서 자신이 다른 제도의 아무 도움 없이 혼자서도 잘 살아갈 수 있다고 장담한다. 그것은 지방자치제도가 농촌의 삶과 전혀 무관하게 운영되고 있기 때문이다. 지방자치에서 실시하는 사업이 여러 가지가 있지만 그것은 농노들에게 하나도 도움이 되지 않는다고 생각한다. 레빈은 농촌을 도시처럼 변화시키고, 선과 악의 개념을 확고하게 가르는 것만이 아닌 그들의 삶에 가장 필요한 것을 개선해주어야 한다고 주장한다. 길을 넓히고 포장하지 않아도 농사지을 때 필요한 수레나 말이 지나가기에는 충분하고, 의료기구나 교육사업보다는 농기구나 농사법의 교육이 더 필요한 것이다.

그러나 현재 운영되는 지방자치는 농촌 현실에 맞지 않는 그들만의 제도이다. 그런데도 그들은 농노들의 교육 수준이 낮기 때문에 유익하고 합리적인 경영을 할 수 없다고 항변한다. 게다가 지주들은 경험과 기술이 부족하면서 많은 땅을 갖고 농사를 짓지만 생산성이 없다. 반면에 농노들은 배우고 싶은 것들은 가르쳐주지 않고 엉뚱한 시비만 가리고 있는 제도에 대해 불신을 품고 있다. 이러한 상황에 대해 레빈은 귀족이지만 농노들을 대변하고 있다.

이러한 농촌 현실을 도시 관리자가 직접 경험하거나 제도를 바꾸기는 쉽지 않다. 하지만 무엇이 가장 시급한 문제인지 따져보고 적합한 관리제도를 만들어야 한다. 복지제도를 도시에서 펼치므로 농촌에서도 당연히 해야 한다는 것이 아니라, 그 지방 특색에 맞는 시설로 알맞은 운영을 해야 지방자치제도의 효과를 누릴게 될 것이다.

제시문 나)에 나온 것처럼 그들은 올바른 경작법이 무엇인지, 좋은 가축의 올바른 관리법은 무엇인지 세밀하게 연구해 농노들을 교육시켜야 한다. 그것이 농촌에서 문제없이 자리잡아갈 때 그것과 함께 복지제도나 준법정신도 교육시킬 수 있다. 그 순서가 지켜지지 않으면 농촌에서 지방자치제도를 확립하는 것은 결코 쉽지 않을 것이다.

■■■ 4. 예부터 우리 민족은 춤과 노래를 즐겨왔다. 형편이 넉넉해서도 아니고, 예술가적인 재능이 있어서도 아니다. 가난하고 소박했던 우리 민족은 여럿이 함께 힘든 일을 할 때 다만 조금이라도 즐거운 마음으로 이겨내기 위해 노래를 불러왔던 것이다. 길쌈노래, 방아타령, 농부가 등이 바로 그것이다. 그러나 하기 싫은 일을 억지로 참으며 해왔던 것은 아니다. 일 자체에서 즐거움을 찾으려고 노력해왔다.

제시문 가)의 레빈은 일이 손에 익숙하지 않은 사람이다. 하지만 마음속의 괴로움을 잊기 위해 열심히 일을 했다. 땀 흘리며 일할 때 비로소 마음이 가벼워졌기 때문이다. 우리 민족이 지친 삶을 잊기 위해 노래를 부르며 노동 속에서 즐거움을 찾았던 것과 같다.

제시문 나)의 벙어리 여동생이 사람을 판단하는 기준은 그동안 그 사람이 열심히 살아왔는가 하는 것이다. 노력하며 일한 사람의 손에는 보기 싫은 굳은살이 박혀 있는데 그것이야말로 배불리 먹을 수 있는 자격이라고 믿는다. 그래서 큰 도깨비는 이반의 나라에서 살 수 없는 존재이다. 일을 하지 않으므로 일하는 즐거움을 느낄 수 없고, 일을 하지 않으므로 제대로 대접받지 못하기 때문이다.

성경에서도 '일 하지 않는 자는 먹지도 말라'고 했다. 큰 도깨비는 직접 몸으로 일하지 않고 얻은 금화를 사람들에게 보여주지만 일하는 즐거움에 빠진 이반의 나라 농부들은 거들떠보지도 않는다. 이반의 나라에서 사람답게 살려면, 또 사람다운 대접을 받으려면 무조건 노동의 신성함을 깨달아야 하는 것이다. 그것을 알지 못한 큰 도깨비는 벙어리 여동생에게 천대를 받아야 했던 것이다. 그가 이반의 나라에서 그들을 동요시킬 목적이 있었다면 금화를 나누어주며, 머리를 써서 일하라고 설득하기보다는 몸소 팔을 걷어붙이고 밭으로 뛰어들어야 했다.

이반의 나라에서는 일하는 즐거움, 노동의 신성함을 알지 못하면 기본적인 생활을 할 수 없다. 일하면서 흘리는 땀을 고생이라고 생각하지 않고, 행복하게 살아가려면 당연히 겪어야 하는 것이라고 확고하게 믿기 때문이다. 우리 민족이 힘든 삶을 노래로써 처연하게 받아들이는 것과 벙어리 여동생이 굳은살을 보고 사람을 판단하는 것 모두 그들에게는 당연한 일인 것이다.

5. 우리는 흔히 인간을 '만물의 영장'이라고 말한다. 만물 중에서 가장 우월하기 때문이다. 하지만 여기서 인간을 우월하다고 하는

것은 우리 스스로 정한 기준이다. 인간이 정한 기준으로 보면 당연히 인간이 가장 우월할 수밖에 없다. 하나뿐인 생명이 가장 소중하다는 것을 우리는 모두 알고 있다. 돈으로도 살 수 없으며, 무엇과도 바꿀 수 없어서 슈바이처는 가장 경이롭다고까지 했다. 하지만 누구의 생명인가? 우리는 크고 작은 모든 생명을 경이롭다고 하는 것은 아닐 것이다. 인간을 위한 일이라면 그들의 작은 생명은 서슴지 않고 희생시킨다. 우월한 인간의 힘으로 말이다.

제시문 가)에서 브론스키의 실수로 말이 생명을 잃는다. 그는 그렇게 만든 것에 대한 죄책감으로 괴로워하지만 그것은 어디까지나 자신의 입장이다. 말의 소중한 생명이 사라져서 괴로워하는 것이 아니다. 나)에서 이반은 자신의 분노가 폭발하자 고양이를 집어 던진다. 뿐만 아니라 누군가 고의로 불을 내서 많은 동물이 타 죽는다. 물론 인간도 많은 것을 잃지만 생명을 잃은 것은 아니다. 제시문 가)와 나)는 이렇게 철저히 인간 중심으로 생명을 말한다. 하지만 다)는 다르다. 아무것도 가진 것 없는 예멜리얀은 자신의 실수로 개구리가 죽게 될까봐 조심한다. 일상에서 흔히 일어날 수 있는 일이지만 예멜리얀은 그냥 지나치지 않은 것이다. 무심히 지나칠 수 있는 작은 생명을 소중하게 여기고 난 후 결국 그에게는 아름다운 아내가 생기는 마법 같은 일이 일어나기까지 한다. 이것은 비록 소설 속 이야기이지만 우리에게 많은 것을 생각하게 한다.

우리는 건강에 좋다는 이유로 살아 있는 곰의 쓸개를 먹는가 하면

문명이라는 이름으로 야생동물의 삶과 터전을 빼앗기도 한다. 이 모든 것이 인간 중심 사회가 만든 이기주의라고 할 수 있다. 자연과 인간은 함께 공존해야 한다. 우리가 만든 기준에서 더 우월하다는 하찮은 이유로 다른 생명체의 희생을 강요해서는 안 된다.

논술 내비게이션 11

안나 카레니나

초판 1쇄 인쇄 | 2006년 9월 15일
초판 1쇄 발행 | 2006년 9월 25일

펴낸이 | 윤영조
펴낸곳 | (주)위너스초이스
지은이 | 레프 톨스토이
엮어옮긴이 | 함진희

출판등록일 | 2006년 2월 2일
출판등록번호 | 제313-2006-00030호
주소 | 서울시 마포구 동교동 165-8 LG팰리스 824호
전화 | 02-3142-5034   팩스 | 02-3142-5037

ⓒ 함진희 2006

ISBN 89-92295-04-9 44800
     89-958357-0-2(세트)